KB035487

우리나라 시골에는 누가 살까

우리나라
시골에는
누가 살까

이꽃맘 지음

어느 청년 활동가의 귀농 분투기

삶창

농담(弄談) 같은
유하네 농담(農談)

"깍! 깍!"

요란한 까치 소리에 눈을 뜹니다. 집 앞 커다란 은행나무 꼭대기. 까치 두 마리가 번갈아 가며 나뭇가지를 물어와 집을 짓고 있습니다. 집 앞 텃밭에는 아직 서리가 성성하지만 까치는 벌써 새봄을 준비합니다. 그 속에 유하네가 있습니다.

유하네는 원주시 호저면 광격리 영산마을에 삽니다. "시골 가서 농사나 지을까" 했던 장난스러운 농담이 현실이 된 지 햇수로 10년, 만으로는 8년이 꽉 찼습니다. 원주에서 농부로 '농사이야기'를 만든 지 6년 차입니다.

2013년 겨울, 유하가 막 일 년을 살아냈을 즈음이었습니다. 유하에게 자유와 평화 뜻을 담은 이름을 선물한 지 1년이 됐을 무렵 유하네는 서울 생활을 청산하고 시골로 갔습니다. 자유롭고 평화롭게 사는 것이 무엇인지 찾아가는 여행의 시작이었습니다. 그리고 농부가 되기로 결심했습니다.

유하네에게 농부란 자본주의를 넘어 대안적인 삶을 고민하기 위한 선택이었습니다. 유하네가 되려는 농부는 스스로 가난을 선택한 사람입니다. 스스로 가난을 선택한다는 것은 경쟁과 욕망으로 가득 찬 자본주의를 벗어나는 것이었습니다. 돈이면 뭐든 되는 자본주의 쳇바퀴를 벗어나 조금은 느리게 살고 싶었습니다. 소비하기 위해 생산하는 것이 아니라 나누기 위해 무언가 만들어 내는 것, 물질적 풍요가 아니라 마음을 가득 채우는 삶을 만들어가고 싶었습니다.

그래서 유하네는 최대한 자연스러운 농사를 짓기로 했습니다. 겉으로는 깨끗하게 보이는, 더 많은 농산물을 만들어내기 위해 땅이며, 물이며 다 죽이는 것이 아니라 느리더라도 땅을 살려 더불어 사는 농사를 짓는 것이 목표입니다. 어느새 농사의 필수품이 된 비닐을 쓰지 않고, 사람을 죽이는 화학비료며 제초제를 쓰지 않는 농사를 짓고 있습니다.

매일 풀과 씨름 중인 유하네를 보고 앞집 할머니는 혀를 끌끌 차지만 말이죠.

"유하 같아."

초여름 어느 날, 세 살짜리 유하가 마당에 앉아 엄마가 따다 준 완두콩을 깝니다. 야무진 손끝으로 완두콩 깍지 끝을 쭉 잡아 가르면 탱글탱글 완두콩이 얼굴을 내밉니다. 유하가 영롱한 연둣빛 동글동글 완두콩 한 알을 집어 들고 "예쁘지?" 합니다. "크레파스에도 없는 참 예쁜 색이네" 하니 "유하 같아"라고 답합니다.

유하를 낳고 '사람을 낳아 기른다는 것'이 무엇인지 고민했습니다. 맞벌이가 필수인 도시에서 돌도 안 된 유하를 어린이집에 맡기고 바쁘게 살아가야 하는 것이 정답일까. 우리는 한번 가면 다시 돌아오지 않을 유하, 세하의 시간 속에 함께하기로 했습니다. 스물네 시간 함께 자고, 함께 먹고, 함께 일하고, 함께 놀면서 유하, 세하의 삶이 정해져 있는 답을 향해 달려가는 것이 아니라 답을 함께 찾는 순간, 순간이 모여 만들어지길 바랐습니다. 유하는 오늘도 '제 밥값은 누구나 해야 한다'며 개똥을 치우고, 잔가지를 모아 땔감 더미를 만듭니다.

유하네의 '농사이야기(農談)'를 나누려고 합니다.

농사는 비단 농작물을 생산하는 것에 그치지 않습니다. 어느 선배 농부는 "하늘농사, 땅농사, 아스팔트농사까지 지어야 한다"고 했습니다. 하늘을 이고 땅을 딛고 농사를 짓다 보니 세상의 이야기가 더 잘 들리는 듯합니다.

시골 마을 어디서든 심각한 얘깃거리로 나오고 있는 노령화, 인구절벽의 문제, 농민 스스로 망가뜨리고 있는 자연, 막무가내로 지어지고 있는 태양광발전소며 축사들, 아이들이 없다는 이유로 사라지고 있는 작은 학교들 등등. 도시의 삶에 가려져 문제조차 되지 못하지만 결국 우리에게 심각한 영향을 줄 많은 이야기들이 시골에 있습니다.

시골의 이야기, 농촌의 이야기를 함께 나누려고 합니다. 유하, 세하가 만나고 있는 재미있고 동화 같은 이야기들도 함께 나누려고 합니다. 유하네가 만들어가고 있는 자유롭고 평화로운 이야기를 함께 나누려고 합니다. 답답한 삶 속에서 유하네의 이야기가 작은 숨구멍이 되길 바라봅니다.

고맙습니다. 유하네의 이야기를 함께 만들어주고 계신 꾸러미 식구들, 유하네가 작은 마을에 정착할 수 있도록 옆에서 지켜봐주시고 도와주신 영산마을 선배 농부님들, 걱정과 기도로 유하네가 흔들리지 않도록 지켜주시는 유하,

세하의 양쪽 할머니 할아버지, 유하네가 농사짓는 이유를 만들어주는 봄이, 로희, 열음이, 산음이. 특히 정신없이 지나갈 시간들을 붙잡아 글로 모을 수 있도록 함께 해주신 사랑하는 아빠 참 고맙습니다.

원주에서 유하네

덧붙이는 말

유하네가 더 힘차게 농부로 살아갈 수 있도록 유하네 꾸러미의 새 식구가 되어주세요. 자세한 내용은 페이스북에서 〈유하네 농담〉 검색.

차
례

농담 4 세상일이 농사다

농담
1

시골에는 누가 살까

시골에는 누가 살까

10년 후 시골의 모습은

시골 : 도시에서 떨어져 있는 지역. 주로 도시보다 인구수가 적고 인공적인 개발이 덜 돼 자연을 접하기가 쉬운 곳을 이른다.

시골의 뜻을 국어사전에서 찾아봤습니다. 유하네가 도시에 살 때 지방으로 놀러 가면 "시골에는 누가 살지? 뭐 먹고 살지?" 하는 질문을 많이 했었습니다. 특히 도시에서 나고 자란 유하 엄마는 이런 질문을 더 많이 던지곤 했죠. 유하네가 도시를 떠나 시골에 온 지 햇수로 8년째, 다시 이 질문을 던져봅니다.

10년 후를 생각하면 잠이 안 와

언젠가 마을 어른이 "10년 후를 생각하면 잠도 안 와" 하셨습니다. "내가 벌써 일흔이 다 됐는데 10년 후에는 누가 있겠어, 저 형님도 벌써 일흔이 훌쩍 넘었어" 하며 한숨을 쉬십니다. 유하네가 사는 영산마을에서 유하네는 막내입니다. 유일한 40대입니다. 유하, 세하가 유일한 아이들입니다. 50대 중반을 달리고 계신 앞집 형님네가 그나마 말동무입니다. 열여덟 가구가 사는 우리 동네에서 이 두 집을 빼고는 모두 예순을 넘기셨고 여든을 넘기신 할머니들 할아버지들이 대다수입니다.

마을 길 제초 작업이며, 쓰레기장 정리 등 마을 일을 할라치면 유하 아빠가 나서야 합니다. 높은 곳에 올라가거나 무거운 걸 드는 등 힘쓰고 몸 쓰는 일은 몽땅 유하 아빠 담당입니다. 얼마 전 마을 입구에 재활용을 위한 폐비닐 모으는 곳에 외지인들이 온갖 쓰레기를 몰래 버려 담을 치는 마을 공사가 있었습니다. 예순이 넘은 마을 반장님이 유하 아빠를 데리고 갔습니다. 마을 어르신들이 모였지만 사다리에 올라 무거운 양철 지붕재를 옮기고 담을 치고 나사를 박는 일은 유하 아빠 독차지입니다. 땡볕에 시뻘게진 얼굴로 돌아온 유하 아빠는 "막내가 들어와야 하는데" 하며 한숨을 쉽니다.

『강원일보』에서 보니 강원도 내 65세 이상 고령 인구 비중이 전국 최고 수준으로 치솟고, 출생률은 역대 최저로 떨어졌다고 합니다. 또 지난 한 해 동안 강원도 청소년 중 2600여 명이 다른 지역으로 이사를 갔다고 합니다. 일자리도 부족하고 교육 여건도 좋지 않다고 생각하니 젊은이들이 다 빠져나가고 노인들만 남는다는 것입니다. 이대로 가다간 10년 후, 20년 후 강원도에는, 시골에는 요양원만 가득 있는 건 아닐까 걱정이 됩니다.

아이들이 사는 시골

유하네는 이런 시골을 선택했습니다. 유하네가 시골에서 재미나게 열심히 살면 많은 젊은이들이 시골에서 함께 살 수 있지 않을까 생각했습니다. 유하는 집에서 차로 5분 거리에 있는 초등학교에 다닙니다. 전교생이 17명까지 떨어졌던 우리 학교는 한때 폐교 위기를 겪기도 했습니다. 동네에 아이들이 없으니 당연한 수순이었습니다. 교장선생님이 새로 오시고 학교를 살려야겠다는 결심으로 가까운 시내에 스쿨버스를 다니게 했습니다. 유하네 동네에서 20분만 나가면 아파트가 많은 시내가 있거든요. 자연과 함께하는 학교, 적은 숫자의 아이들을 사랑으로 키우는 학교를 내세운 우리 학교로 스쿨버스를 타고 시내의 어린이들이 오기 시작했습니다. 한 학년에 한 반, 딱 10명만 받는 우리 학교는 지금 60명에 가까운 아이들이 다니고 있습니다.

학교가 북적거리니 마을에도 아이들 웃음소리가 들리기 시작했습니다. 유하네 반 친구들이 시골로, 유하네로 놀러오기 시작했거든요. 도시에서만 사는 친구들에게 유하네 집은 별천지 신나는 놀이터입니다. 학교를 마치고 우르르 몰려와서는 방아깨비를 잡는다며, 블루베리며 딸기를 따먹겠다며 이리 뛰고 저리 뛰고 정신이 없습니다. 아이들 웃음소리가 반가우셨는지 마을 어르신은 사람 사는 것 같다며 아이들을 흐뭇한 표정으로 구경하시기도 합니다. 유하와 같은 반 친구네는 유하네 밭 한 귀퉁이를 빌려 '주말텃밭'을 시작하기도 했습니다. 쌈 채소며, 고추, 토마토를 심어놓고 주말마다 유하네에 옵니다.

노동자가 사는 시골,
누구나 함께 사는 시골

유하네 바로 앞집에는 50대 중반의 부부가 삽니다. 남편 분은 우리 동네에서 언덕만 넘어가면 있는 횡성 어느 공장에서 일하는 노동자입니다. 귀농 후 닭을 키워 달걀을 팔다 수차례 조류독감(AI)을 겪고 지쳐 그만두셨습니다. 아내 분은 농업회사법인에서 운영하는 반찬공장에 다니십니다. 서울에서 생활협동조합 활동을 열심히 하시다 우리 동네로 오셔서, 마을을 살리고 농업을 살리기 위해 만든 반찬공장에 힘을 보태고 계십니다. 쉬는 날이면 고추 농사며 텃밭 농사에 힘을 들이고 계시고요.

옆 동네에 사는 학교 선배 부부는 작은 카페와 민박을 하며 시골놀이터를 운영합니다. 치악산 자락, 좋은 숲속에서 사는 선배 부부는 민박 손님을 상대로 시골만의 자연 놀이를 함께하는 놀이터를 만들었습니다. 콩을 모아 오자미를 만들기도 하고, 옥수수의 대와 잎으로 배를 만들어 계곡에 띄우기도 합니다. 나뭇가지를 모아 아이들이 좋아하는 작은 집을 지어보기도 하고, 버려진 나무를 깎아 숟가락을 만

들기도 합니다. 주말이면 그 동네도 시끌벅적 아이들의 목
소리가 들립니다.

유하네는 아이들 웃음소리가 넘치는 시골을 꿈꿉니다.
어느 시골에는 예술가들이 모여 작품 활동을 한다고 하고,
어느 시골에는 미디어 활동가들이 모여 마을 방송국을 만
들었다고 하고, 어느 시골에서는 젊은이들이 모여 작은 집
을 짓고 도시의 경쟁을 떠나 소박한 삶을 산다고 하고, 어느
시골에는 작가들이 모여 작은 책방을 열었다고도 하고…
이런 소식을 접할 때마다 유하네는 희망을 봅니다. 유하네
도 열심히 살아 우리 시골 동네에 커피도 마실 수 있는 작은
농가 식당을 만들어 누구나 편안히 시골 생활을 경험할 수
있게 하는 것이 목표이기도 합니다.

유하 엄마는 요즘 특성화고등학교 등 중고등학교를 다
니며 '청소년 노동인권교육'을 합니다. 학생들을 만나면 "나
의 '본캐'는 농민인데 농민은 노동자일까?"라고 질문합니
다. 쭈뼛쭈뼛 대답하지 못하던 학생들은 2시간의 강의를 함
께한 후 "농민도 노동자"라고 말합니다. 유하 엄마는 모든
노동은 가치가 있고, 모든 노동은 나의 삶과 연결되어 있으
며 우리는 모두 노동자이기에 함께 살아야 한다고 목소리
를 높입니다. 태백 어느 산골에서 만난 한 고등학생은 "나

도 함께 사는 노동자가 되고 싶다"고 했습니다. 예비노동자
인 고등학생들이 공부해서 얼른 시골을 떠나야지 하는 것
이 아니라 시골에서 희망을 찾길 소망해봅니다.

이야기가 쌓이는 곳, 집

유하네는 시골 작은 집에 삽니다

달팽이집 걱정, 벌집 걱정

유하와 세하가 집으로 걸어옵니다. 마을 공소 앞에 스쿨버스가 멈추면 버스에서 내린 유하, 세하는 손을 잡고 집으로 걸어옵니다. 어른 발걸음으로 5분이면 되는 길을 유하, 세하는 느리게 느리게 걸어옵니다. 길에 핀 민들레도 한번 보고, 제비꽃도 따 먹고, 죽은 벌레도 구경합니다. 세하의 성화에 유하 언니는 '무궁화꽃이 피었습니다'를 합니다. 이 놀이를 안 하면 세하는 오는 길 내내 엉엉 울거든요.

논에도 들어갑니다. 달팽이집을 찾기 위해서죠. 언니가 찾은 작은 달팽이집을 들고 온 세하는 묻습니다.

"엄마! 달팽이는 이사를 갔어요? 집안에 없어요!"

"겨울이니까 따뜻한 곳으로 이사갔나보다" 둘러댑니다.

"왜 집을 두고 갔대. 그러면 어디서 자고 어디서 먹을까?" 세하의 얼굴에 달팽이 걱정이 한가득입니다.

어느 벌이 지어놓고 간 벌집에도 세하 눈이 닿습니다. 비어 있는 벌집도 걱정입니다. 세하가 "엄마, 저기 벌집 있어요. 근데 벌이 없네. 벌도 이사를 갔나?" 합니다. "이제 따뜻한 날이 오면 벌이 다시 오겠지" 하니 "꿀벌이 왔으면 좋겠어요. 말벌 말고" 합니다.

8평 작은 집을 짓다

귀농하던 해 유하네도 집이 걱정이었습니다. 전 재산을 털어 땅을 산 유하네는 집 지을 돈이 없었습니다. 유하 파파는 비닐하우스라도 짓고 살면 된다고 했지만 유하, 세하랑 비닐하우스라뇨(시골 비닐하우스 집은 겉보기와 다르게 여느 집보다 더 좋다는 건 비밀). 화장실이라도 제대로 있는 집이 필요하다는 유하 엄마의 주장에 빚을 내서 집을 지었습니다. 딱 8평짜리 '판넬집'입니다. 판넬로 뚝딱 지으니 2주 만에 완성되었습니다. 진짜 화장실만 있고 부엌도 없는 작은 집이었습니다.

이사를 오던 날, 짐을 넣을 곳도 없어 밭 한쪽에 짐을 쌓아 천으로 덮어놓았습니다. 과연 이 작은 집에서 살 수 있을까 얼굴에 근심이 가득한 엄마 앞에 유하는 어디서 찾았는지 천사 날개를 달고 나타났습니다.

"엄마, 우리 집은 천사가 사니까 천사집이야."

천사 집에서 산 지 벌써 6년 차네요.

작은 집이라도 넓은 마당이 있으니 신기하게도 좁게 느껴지지 않습니다. 창문만 열면 너른 밭이며 산이며 하늘이 눈에 들어오니 몸은 집 안에 있더라도 그저 자연 한가운데 놓인 듯한 기분입니다. 내 땅만 마당이 아니라 눈앞에 보이는 모든 자연이 다 유하네 마당입니다. 놀러 온 친구가 유하네 집 하늘을 보더니 "하늘이 이렇게 넓었구나" 합니다. 난방비를 조금이라도 줄여야 하는 유하네에게, 밭에서 할 일이 많은 유하네에게 작은 집은 찰떡궁합입니다.

집 때문에 미래를 계획할 수 없다

유하네 집은 이사 걱정도 할 필요가 없습니다. 유하네가 서울에서 살 때 집은 2년마다 해야 하는 큰 고민거리였습니다. 망원동시장 뒤편 골목 작은 전셋집에서 살림을 시작한 유하네는 치솟는 전셋값에 2년마다 또 어디로 가야 하나 고민이었습니다. 벌이와 상관없이 오르는 전셋값. 전셋집마저 월세로 바뀌고 매달 목돈을 집을 유지하기 위해 써야 하니 힘들었습니다. 시골로 온 후 좋은 점 중 하나가 이사 걱정 없이 살 수 있다는 거였습니다. 주거비가 들지 않으니 돈을 많이 벌지 않아도 됩니다. 어느 날 유하가 "엄마 예진이는 오늘 이사를 간대. 우리도 이사가?" 하고 묻습니다. "여기는 우리 땅이고 우리 집인데 왜 이사를 가. 평생 여기서 살 건데" 하니 유하가 "휴…" 하고 안심을 합니다. 이사를 하는 친구들의 불안한 눈빛을 유하가 느꼈나 봅니다.

원주도 시내만 나가면 아파트가 즐비합니다. 학부모들이 모이면 집 얘기를 하곤 합니다. 전세가 어쩌니, 월세가 어쩌니… 집 걱정은 매한가지입니다. 그래도 지방은 서울과 비교할 수 없이 싼값에 집을 구할 수 있습니다.

"서울에서 안달복달하지 말고 지방으로, 시골로 내려오

면 집 걱정 하나는 덜 수 있는데. 그럼 생활비도 덜 들고 얼마나 좋아. 그럼 좀 덜 벌어도 되고 애들이랑 시간도 보낼 수 있고 참 좋을 텐데 말이지."

유하 엄마가 시골집 예찬론을 시작합니다.

"요즘 서울에서는 살 만하면 월세가 100만 원 한대. 취직도 힘든데 취직해도 월세에 100만 원씩 쓰니 누가 미래를 계획할 수 있겠어. 다들 시골로 내려와야 해."

유하 아빠가 덧붙입니다.

비싼 집에 살아야
비싼 사람이 되는 세상

"요즘 애들은 새 학기에 친구들을 만나면 어느 상표 아파트에 사는지, 몇 평에 사는지 확인한대."

도시에 사는 친구가 들려준 얘기입니다. 언제부턴가 집이 사람을 판단하는 기준이 되어버렸습니다. 비싼 집은 좋은 집이고, 비싼 집에 살아야 사귀고 싶은 멋진 사람인 겁니다. 다 어른들이 만든 기준입니다. 뉴스에서는 재개발이 어쩌니, 용적률이 어쩌니, 강남 아파트 가격이 10억 올랐다느니 합니다. 서울시장에 나선 사람들도 경쟁하듯이 자기를 뽑아야 빨리 개발이 된다며 사람들의 마음을 들썩입니다.

작은 땅에 많은 집을 지으려니 네모난 똑같은 모양의 아파트는 점점 높아지고, 서울에 더 지을 곳이 없으니 서울 인근 지역은 아파트를 짓기 위한 마구잡이 개발이 이어집니다. 마구잡이 개발에 그곳에서 농사를 짓던 사람들은 농사를 포기하고 보상금을 받아 떠납니다. 논밭은 갈아엎어지고 아파트가 들어섭니다. 가끔 서울을 가는 길이면 어느새 우뚝 솟아 있는 아파트를 보며 깜짝 놀랍니다.

"저러다 지진이라도 나면 다 무너질 것 같아."

유하네는 걱정스러운 눈빛으로 쳐다봅니다. 수십만 채의 아파트를 짓지만 제집을 가졌다는 사람은 찾아보기 힘듭니다. 친구들은 여전히 전셋집을 찾아 헤맵니다.

이야기가 있는 곳, 집

당근씨를 뿌리고 있던 유하 엄마와 아빠를 아저씨가 부릅니다. "막걸리 한잔하고 해" 하십니다. 아저씨 집 앞에 앉아 막걸리를 마십니다. 더덕 향이 나는 참 맛있는 막걸리였습니다.

"처음에 이 집에 혼자 왔지." 아저씨가 입을 엽니다.

"아들이 내려오니 부모님이 따라 내려오셔서 함께 살았어. 그래서 저기 옆에 집을 조금 늘렸지." 아저씨의 이야기가 묻어 있는 빨간 벽돌집입니다.

"이 집에 사니 유하네도 만나고 참 신기하고 재밌어."

"저희도 이 집에 아저씨가 계셔서 참 다행이라고 생각해요." 막걸리 한 잔에 여러 가지 고백이 이어집니다.

유하, 세하가 학교 갔다가 돌아오면 엄마 아빠가 웃으며 기다리는 곳. 유하, 세하가 자라고, 유하와 세하의 이야기가 담기는 곳. 식구들이 모여 앉아 밥을 나눠 먹고 일상의 소소한 이야기를 나누며 하루를 마무리하는 곳. 언제든 돌아와 쉴 수 있는 곳. 그런 곳이 바로 집입니다.

마을을 살리는 작은 학교

다섯 살 세하의 유치원 적응기

유치원에 다니기 위해
매일 40킬로미터를 운전하다

세하는 다섯 살이 된 2020년 유치원에 갔습니다. 호저면에 유일한 병설유치원인 호저초등학교 병설유치원입니다. 일곱 살이던 유하가 인원 초과로 떨어졌던 유치원이라 입학 신청을 할 때부터 걱정이 많았습니다. 유하는 집에서 10킬로미터 떨어진 장양초등학교 병설유치원에 다녔었죠. 인원 초과가 될 정도로 아이들이 많은데 병설유치원이 하나밖에 없는 것이 말이 되냐고 교육청에 항의도 했었지만 소용이 없었습니다. 결국 유하를 데리고 1년 동안 매일 40킬로미터를 운전해 유치원에 다녔습니다. 초보 운전 유하 엄마의 운전 실력이 팍팍 늘어났습니다.

이런 시간이 있었기에 세하도 떨어지면 어쩌지 긴장했지만 어쩐 일인지 아이들이 많이 줄어 별 무리 없이 호저초등학교 병설유치원에 입학할 수 있었습니다. 하지만 호저초 병설유치원도 호저면 가장 안쪽 마을인 우리 집까지 스쿨버스를 보낼 수 없다고 해 집에서 4킬로미터 정도 떨어진 북원주아이시(IC)까지 매일 차로 데려다줘야 했죠. 매일 왕복 16킬로미터 운전은 계속됐습니다.

세하의 인생 첫 위기

다섯 살, 여섯 살, 일곱 살 열 명의 아이들이 다니는 작은 유치원이었습니다. 엄마 아빠와 24시간, 36개월까지는 함께 있어야 한다는 교육철학으로 세하는 어린이집 등을 다니지 않았습니다. 집에만 있었던 세하가 잘 적응할까 걱정도 되었지만 유하가 무리 없이 적응했기에 세하도 그러려니 믿었습니다. 근데 그게 아니었습니다. 세하는 유치원에서 오줌을 싸지 않았습니다. 오전 8시 30분에 집에서 나가 오후 4시 30분까지 유치원에 있으니 8시간 동안 오줌을 참고 집에 왔습니다. 유하보다 조금 예민했던 다섯 살 세하에게 닥친 인생 최대의 위기였습니다. 세하는 엄마랑만 화장실에 가겠다고 했습니다.

유치원 선생님과 이 방법 저 방법 써봤지만 소용이 없었습니다. 세하가 다리를 배배 꼬며 "엄마가 보고 싶어요"라고 하면 유치원 선생님은 재빠르게 유하 엄마에게 전화를 걸고 유하 엄마는 얼른 차를 몰고 가 세하를 데리고 왔습니다. 바지에다 오줌을 싸는 일도 비일비재했습니다. 이럴 때면 유하 엄마는 선생님께 연신 죄송하다고 허리를 굽혔습니다. 작은 아이들을 하루 종일 돌보는 것이 얼마나 어려운지 알기에 커다란 짐을 안겨드린 것 같아 이런 일이 있을 때면 유치원 선생님께 너무 죄송했습니다. 유치원 선생님은 "괜찮아요. 세하는 잘 해낼 수 있을 거예요" 웃으며 용기를 주었습니다.

다섯 살이 아닌 예비 여섯 살 세하

"세하야, 세하는 언제 유치원에서 화장실에 갈 거야?" 하고 묻자 세하는 "나는 여섯 살이 되면 용기가 생길 것 같아" 했습니다. 꾀를 낸 유하 엄마는 9월 1일을 디데이로 잡고 "세하야, 세하는 9월 1일이 되면 예비 여섯 살이 되는 거야. 다섯 살이 아니라 예비 여섯 살도 여섯 살이니까 용기가 생길 거야" 했습니다. 달력에 예비 여섯 살 되는 날을 적어놓고 한 칸 한 칸 함께 지워나갔습니다. 유치원 선생님과의 합동작전이었습니다. 유치원에서도 세하가 예비 여섯 살이 될 거라고 알리고 용기를 줬습니다. 이런 합동작전에 용기를 얻었는지 유치원에 다닌 지 6개월이 지난 9월, 드디어 세하는 유치원에서 오줌을 쌌습니다.

세하가 유치원에서 오줌을 싼 첫날, 유치원 선생님은 기쁨에 유하 엄마에게 전화를 걸어 "어머니 드디어 세하가 해냈어요! 칭찬 많이 해주세요" 했습니다. 세하는 장원급제라도 한 듯 선생님의 축하 카드를 들고 유치원 버스에서 내리며 "엄마 나 오늘 유치원에서 오줌 쌌다" 으쓱합니다. "축하해, 너무 잘했어" 세하를 번쩍 들어 안아줬습니다. 축제의 날이었습니다. 엄마 아빠는 이날 세하를 데리고 커다란 실내

놀이터가 있는 고깃집에 가고, 커다란 케이크도 사서 축하했습니다. 세하가 스스로 한 걸음 자란 기쁜 날이었습니다.

아이들을 기다려주는 시골 작은 학교

세하가 스스로 불안함을 떨치고 유치원에 적응할 수 있었던 것은 작은 학교가 가지는 힘 때문이었습니다. 10명의 아이들과 2명의 선생님이 함께하는 세하네 작은 유치원에서는 도시 큰 유치원에서는 힘든 세밀한 돌봄, 기다림이 가능합니다. 아이들이 스스로 문제를 해결할 수 있도록 기다려주는 것, 한 반에 20명이 넘는 아이들을 돌봐야 하는 도시 유치원 선생님들에게는 하고 싶어도 할 수 없는 일입니다. 시골 작은 학교가 가진 최고의 장점입니다.

이런 시골 학교의 장점을 아는 부모들이 아이들을 시골 학교로 보내기 시작했습니다. 유하가 다니는 우리 마을 학교 고산초등학교에는 원주 시내에서 오고자 하는 아이들이 줄을 섭니다. 지역 아동이 부족해 통합 지역 학교로 운영하는 고산초등학교는 한 학년에 한 반, 딱 10명의 아이들만 받습니다. 전교생이 17명까지 줄어 폐교 위기에 빠졌던 학교에 시골 학교의 장점을 살려보겠다는 교장선생님이 오시고 소문이 나자 아이들이 줄을 서기 시작했습니다. 교장선생님은 낡은 학교 건물을 새로 지어야겠다며 이리 뛰고 저리 뛰어 예산을 받아 2020년 새 학교 건물을 지었습니다.

코로나로 거리두기가 불가능해 도시 학교들이 문을 닫았을 때도 유하네 마을 작은 학교는 문을 활짝 열었습니다. 한 반에 10명, 절로 거리두기가 되고 선생님들은 아이들을 잘 살필 수 있었습니다. 도시 아이들은 학교에 가지 못해 학습 능력이 떨어지는 것은 물론이고 코로나 우울증까지 겪는다고 하는데 유하네 학교는 코로나가 오자 더 세밀하게 아이들을 보살피며 함께 위기를 극복하고 있습니다. 예비 1학년 수요 조사를 하는 작년 9월이 되자 지역 아이까지 12명의 아이들이 우리 학교에 오겠다고 신청을 했습니다. 자리가 꽉 차자 지역 아동은 정원이 넘어도 받아준다는 얘기에 동네로 이사 오겠다며 집을 알아보는 부모들까지 생겼습니다. 새 건물에 병설유치원까지 생겼으니 3월이 되면 3학년 유하와 진짜 여섯 살 세하는 함께 학교를 다닐 예정입니다. 유하 엄마는 원주살이 4년 만에 등하교 운전에서 해방입니다.

학교가 있어야 마을이 있다

마을에 학교가 있다는 것은 마을이 살아 있다는 증거입니다. 2020년 5월 기준 강원도에서 460개 학교가 사라졌습니다. 경상북도는 729개 학교가 사라졌습니다. 학교가 사라진다는 것은 마을이 사라진다는 것입니다. 아이들이 다닐 학교가 없으니 여러 이유로 작은 마을로 이사를 가고 싶어도 갈 수가 없습니다. 많은 사람들이 어떻게 하면 마을을 살릴 수 있을까 고민합니다. 유하네는 작은 학교를 억지로라도 살리고 유지하는 것이 마을을 살리는 최고의 방법이라 생각합니다. 아이들 소리가 멈추면 마을도, 나라도 멈추겠죠. 원주 끝자락, 유하네가 사는 작은 마을은 학교와 함께 조금씩 살아나고 있습니다.

누가 누구의 영역을 침범한 걸까

코로나를 겪으며 야생동물을 생각하다

고라니가 사는 밭

코로나19 때문에 봄도 느릿느릿 오는 것 같은 어느 날. 올해는 숨어 있는 밭을 모두 찾겠다는 결심으로 작은 언덕 위 밭으로 오릅니다. 1년만 돌아보지 않아도 밭에는 나무가 자랍니다. 다가오지 말라는 듯 뾰족뾰족 가시를 두른 아카시아가 1년 만에 유하 팔뚝만 하게 자랐습니다. 잡목들을 낫으로 툭툭 잘라내다 "유하야 이리 와봐" 유하 아빠가 유하를 부릅니다. 탐험을 한다며 이리저리 끈을 묶고 나무를 오르락내리락하던 유하는 "왜? 무슨 일이야?" 하고 달려옵니다. "여기 봐봐" 아빠의 낫 끝이 가리킨 곳에 동글동글 까만 콩 같은 것들이 깔려 있습니다. "이게 뭐야? 왜 콩이 여기 있어?" 유하가 갸우뚱갸우뚱합니다. "이게 고라니 똥이야" 유하는 나무 작대기를 들고 고라니 똥을 굴려봅니다.

"여기까지 고라니가 온 거야?" 유하가 주변을 돌아보더니 "여기도 있다! 여기에도 또 있어!" 고라니 똥 찾기가 놀이가 됩니다. 고라니 똥을 찾던 유하가 "아빠! 여기가 고라니 길 인가 봐" 낙엽들 사이 누군가 계속 밟은 듯 좁은 길이 있습니다. "고라니가 자주 다니나 보다, 유하야! 오솔길 알아? 옛날 숲속에는 오소리가 많이 살았는데 오소리가 다녀 생긴 길을 오솔길이라고 했대. 숲속에 작은 동물들이 다니는 길 말이야" 아빠가 설명하자 "그럼 이 길은 고라니 길? 고랄 길? 이렇게 불러야 하나?" 유하가 웃으며 고라니의 발자국을 따라 걸어봅니다.

예쁜 말들이 오고 갔지만 농사를 지어야 할 유하 엄마와 아빠는 현실적인 고민에 빠집니다. "여기가 고라니 길이니 망을 쳐서 막아야 해" 유하 엄마는 작년 봄에 정성껏 심어놓은 고추 모종을 고라니가 와서 모조리 뽑아 먹었던 기억을 합니다. "고라니가 마늘 순도 먹을까?" 새봄 땅을 뚫고 나온 마늘 순은 요즘 유하 엄마의 '최애' 작물입니다. 수심이 가득한 얼굴로 묻자 유하 아빠는 "마늘 순은 냄새가 나서 안 먹을 거야" 위로합니다. 고라니가 미워집니다. 언덕 위, 해 잘 드는 곳에 심어놓은 매실나무 가지까지 고라니가 다 먹어버렸거든요. 그러다가도 우리가 고라니의 영역에 들어와 고라니를 괴롭히고 있는 것은 아닐까, 인간들이 고라니가 먹어야 할 열매며 나무를 다 없애서 고라니들이 농작물들을 먹는 건 아닐까 유하 엄마는 고민에 빠집니다.

누가 누구의 영역을 침범한 걸까

자연에 가까이 사는 유하네는 살면서 많은 야생동물을 만납니다. 겨울 어느 날, 먹을 것을 찾아 내려온 멧돼지를 만나기도 했습니다. 덩치가 그리 크지 않은 멧돼지였는데 한쪽 발이 없었습니다.

"엄마, 멧돼지!"

유하의 목소리에 논 쪽으로 눈이 향합니다. 돼지열병으로 멧돼지를 잡으면 포상금을 넉넉히 준다던데 어느 나무를 지나다 올무에 걸렸나, 어린 멧돼지가 홀로 나락이라도 주워 먹으려 논바닥을 뒤집고 있었습니다.

"불쌍해. 먹을 거라도 갖다 줄까?" 유하의 예쁜 마음에 엄마는 "안 돼! 위험해!"라고 외칩니다.

박쥐도 만났습니다. 옛날에는 캄캄한 창고 한 귀퉁이나 처마 밑에 박쥐가 살았다고 하지요. 집박쥐는 모기며 파리며 각종 해충을 잡아먹기에 쫓아내지 않고 함께 살았다고 합니다. 어스름한 저녁, 창문 방충망에 퍽 하고 뭔가 붙었습니다. 깜짝 놀란 유하와 함께 유하 엄마가 다가갑니다.

"저게 뭐지?"

"박쥐다!"

어릴 때 시골에서 산 유하 아빠가 소리칩니다.

"뭐라고? 박쥐?"

"동물원에서 봤던 그 박쥐요?"

눈이 동그래진 엄마와 유하는 한참을 창가에 서서 박쥐를 바라봅니다.

"귀엽네."

무섭지도 않은지 박쥐에게 손을 내미는 유하. 박쥐는 퍼드득 날아가버립니다.

길에서는 더 많은 야생동물을 만납니다. 유하가 유치원에 다닐 무렵. 곧잘 다니던 도로가 있었습니다. 그 도로에는 동물들이 자주 죽어 있었습니다. 고라니, 너구리, 고양이, 강아지, 족제비까지… 로드킬이었습니다.

"엄마, 동물들이 사람들 다니는 길로 다녀서 죽는 거야?
아니면 사람들이 동물들 다니는 길을 차지한 거야?"

"차가 그리 많이 다니지도 않는데 그 많은 동물이 죽어
있는 것을 보면 아마 원래 동물들 길이었나 봐. 조심조심
다녀야겠다."

초보 운전 엄마에겐 두려웠던 등하원 길 이야기입니다.

자리를 빼앗긴 자연의 경고

일을 마치고 집으로 돌아와 튼 텔레비전에서 코로나19
가 박쥐에서 천산갑으로 옮겨 사람에게 왔을 거라는 뉴스
가 나옵니다. 사스도 박쥐에서 왔고, 메르스는 낙타에게서
왔다고 합니다. 최근 사람들을 위협하는 바이러스는 대부
분 야생동물에게서 왔다며 시장 어디선가 조그만 철망 틀
에 갇혀 있는 동물들을 보여줍니다. 영국의 한 교수는 "야
생동물들로부터 전염병 사건이 증가하는 것은, 야생동물들
을 탐지하는 인간의 능력이 향상되고, 서로 간의 접근성이
좋아지고, 야생 서식지를 인간이 더 많이 침해하기 때문"이

라고 하더군요. 그는 인간이 주변 경관을 바꾸고, 야생과의 거리를 좁히기 때문에 인류가 이전에 보지 못했던 새로운 바이러스와 접촉하는 것이라고 덧붙였습니다.

"왜 우리 밭에는 고라니랑 멧돼지가 많이 내려오는 거지?"라는 인간의 질문이 "왜 내가 사는 곳에 인간들이 자꾸 오지?" 하는 고라니의 질문으로 바뀝니다.

유하가 방 한구석에 작은 이불을 걸고 베개들을 두른 다음 "여기는 유하 집이니 들어오지 마세요"라고 합니다. 세하는 엄마가 널어놓은 빨래 밑으로 들어가 "여기는 세하 집이니 들어오지 마세요"라고 합니다. 허락 없이 발가락 하나라도 넣을라치면 "안 돼" 하고 호통을 칩니다. 누구나, 동물이나 사람이나 다들 자신이 지키고 싶은 영역이 있나 봅니다. 사람들을 서로 만날 수도, 이동할 수도 없게 만든 코로나바이러스가 자신의 영역을 맘대로 침범하고 해치는 인간들에게 보내는 야생동물의, 자연의 경고는 아닐까 생각해봅니다. 이탈리아 베네치아 운하에 물고기가 보인다고 합니다. 중국 베이징의 하늘이 공해 없이 파랗다고 합니다. 유하네 머리 위 하늘도 파랗습니다. 지구가 잠시 쉬어가기 위해, 자연이 잠시 쉬어가기 위해, 인간들의 괴롭힘에서 잠시 벗어나기 위해 바이러스로 스스로 쉼을 만든 것은 아닐까 생각해봅니다.

내 먹거리를 만든다고 자신의 터전에서 자연스럽게 살고 있었던 동물들의 자리를 빼앗고 있는 건 아닐까 유하네는 고민에 빠집니다. 그렇다고 가뜩이나 부족한 밭을 고라니에게 넘겨줄 수도 없는 노릇입니다. 그래서 유하네는 고라니가 많이 다니는 길에는 망을 치는 대신 고라니가 잘 먹지 않는 식물을 심기로 했습니다. 들깨며 토마토는 냄새가 심해 고라니가 먹지 않습니다. 고라니 길도 열어주고 필요한 작물도 키우니 이를 감히 공생이라 불러도 될까요. 결론 같지 않은 결론입니다. 최대한 자연을 해치지 않고 자연스럽게 어울려 농사를 짓고 싶은 유하네의 작은 마음입니다. 자연과 공생하고픈 마음입니다.

외지인들이 장악한 시골 땅,
식량위기가 온다

농부들이 살 수 없는 논과 밭

겨울이 선사한 하얀 도화지에
그림을 그리는 봄

봄입니다. 설렙니다. 움찔움찔 땅이 움직입니다. 녹았다 얼기를 반복하던 땅이 갈라지고 그 사이로 연둣빛 풀들이 올라옵니다. 유하네도 움츠렸던 몸을 펴고 봄 햇살을 맞이합니다. 겨울이 선사한 하얀 도화지에 다시 그림을 그립니다.

"올해는 아래 대추나무밭 위쪽을 갈아 고추를 심고 작년 가을배추를 심었던 곳에는 감자를 심자." "작년에 만들어놓은 언덕 위 두둑에는 블루베리나무를 사다가 심고 그 뒤에는 산딸기를 심어보는 게 어때?" "좋아. 그럼 밭 안쪽 한편에는 표고버섯 종균을 심은 나무를 세우고 그 반대편은 달래밭을 만들자." "집 앞 밭에는 검은콩, 아주까리밤콩, 재팥, 흰팥을 심고 한쪽에는 청양고추를 심어보자." "위쪽 대추나무밭에는 살구나무, 밤나무, 호두나무를 심고 밭 경계 언덕에는 두릅나무를 심자." "대추나무 사이사이에는 참깨며 들깨를 심는 거야, 옥수수는 어디에 심지?" "저기 언덕 개망초를 베고 거기에 옥수수를 심자, 집 바로 앞에는 열무랑 총각무, 봄무를 뿌리는 거야." "당근은 감자 옆에 심고 5월에는 양파가 나가고, 6월에는 하지감자랑 마늘이 나가고, 7월에는 첫 번째 옥수수가 나가고, 8월에는 당근이 나가는 거야."

"나도 뭔가 심고 싶은데…."

열띤 토론으로 밭 그림을 그리고 있는 엄마 아빠 곁에서 유하가 한마디 합니다.

"유하야, 유하 방 앞 체리나무 아래를 유하 꽃밭으로 만들어보는 건 어때?" "좋아!"

절로 난 꽃다지를 화분에 옮겨 심던 유하는 신나서 체리나무 앞으로 달려갑니다.

"그럼, 여기 있는 풀부터 다 뽑고 땅을 이쁘게 정리해서

꽃씨를 뿌려볼까?" 정리를 먼저 해야 한다는 말에 유하는 "나중에 할래" 하며 휙 돌아서 자전거를 타러 갑니다. "이구… 그럼 그렇지" 유하 아빠가 웃습니다.

유하 엄마가 농부예찬론을 시작하고 유하 아빠도 맞장구를 칩니다.

"매년 새봄마다 새롭게 계획하고 새롭게 시작할 수 있다는 게 농부의 최고 장점인 것 같아." "그럼 이런 직업이 없지." "매일 똑같은 일상을 반복하고 그걸 수년, 수십 년 반복한다고 생각해봐. 몸은 익숙해서 편할지 몰라도 정신은 병들어 갈 거야." "맞아. 쳇바퀴를 벗어날 수가 없잖아. 농부가 되니 몸은 힘들지만 마음은 더 건강해지는 것 같아. 이렇게 재밌고 좋은데 왜 젊은 사람들이 농부를 안 하지? 어디 농부 할 사람 없나?"

늙어가는 마을에 젊은 사람 하나라도 들어와 함께했으면 하는 바람에 매일 하는 고민입니다.

농부가 살 수 없는 농지

유하네가 처음 농부가 되겠다고 결심했을 때를 떠올려봅

니다. 5년 동안 포천 계곡에서 시골 생활을 경험했던 유하네는 농부가 되기로 하고 땅을 알아보러 다녔습니다. 부모님이며 형제자매가 서울 근방에 있으니 너무 멀리 가면 만나기도 어렵고 해서 경기도, 강원도, 충청도쯤에서 알아보기로 했습니다. 남쪽으로 내려갈수록 날씨가 따뜻하고 땅값도 싸 농사짓기에 좋지만 유하, 세하를 자주 보고 싶어 하는 할머니 할아버지의 마음도 살펴야 했습니다.

시골에 고향이 있는 사람들은 고향으로 내려가면 그만이지만 시골에 아는 사람 하나 없었던 유하네는 막막했습니다. 경기도 외곽부터 알아보기 시작했습니다. 양지바른 곳이면 어김없이 전원주택이 들어서 있었습니다. 돈 있는 귀촌자들을 유치하기 위한 택지개발입니다. 논도, 밭도 대지로 전환해서 집을 지으면 더 비싼 값에 팔 수 있으니 농사를 지을 땅은 없었습니다. 땅값은 유하네가 감히 상상할 수 없는 금액이었습니다. 어처구니없이 높은 가격에 경기도는 포기했습니다. 인터넷 부동산을 아무리 뒤져도 유하네가 가진 예산으로 살 수 있는 땅은 없었습니다.

찾다 찾다 유하 엄마가 농활을 갔었던 원주를 떠올렸습니다. 원주공항과 공군 부대가 있어 매일 몇 차례 전투기가 날고, 탄약고가 주변에 있어 기존에 있던 집을 증개축하는 것 아니면 새집을 지을 수 없는 땅. 개발이 불가능해서 바로 몇백 미터 앞 땅보다 저렴한 땅, 유하네가 자리를 잡은 지금의 땅입니다. 이곳도 집을 마음대로 지을 수 있고 개발이 가능했다면 유하네가 살 수 없었을 것입니다. 젊은 농부들이 모여 있는 인터넷 카페에 가면 땅을 구하기 어려워 농사를 포기한다느니, 어렵게 땅을 빌려 농사를 시작했는데 땅 주인이 외지인에게 땅을 팔아넘겨 쫓겨났다느니 하는 경험담이 넘쳐납니다.

외지인들이 장악한 시골 땅들

요즘 텔레비전만 틀면 한국토지주택공사(LH) 직원들이 어디에 땅을 샀다느니, 어느 시청 공무원이 땅을 샀는데 개발이 됐다느니 땅 얘기로 들썩들썩합니다. 유하네 마을도 절반 이상의 땅이 외지인들의 것입니다. 원주민들의 땅도 원주민이 나이가 들면 외지에 사는 자식들에게 상속하니 외지인의 땅이 되어버립니다.

참깨, 들깨 심을 땅 200평만 더 있었으면 하는 마음에 땅을 빌릴 수는 없을까 알아보았지만 외지인들은 농부들에게 땅을 빌려주지 않습니다. 웃돈을 얹어 팔아먹을 생각에 어디서 오는지도 알 수 없는 나무장수에게 잠시 땅을 빌려줍니다. 외지에서 들어온 나무장수는 나무를 심어놓고는 풀이 나면 안 된다고 제초제를 뿌립니다. 유하네 밭 바로 위 밭에서 벌어진 일입니다. 우리 밭은 유기농 인증까지 받은 밭이니 농약이 넘어오면 안 된다고 경고를 하지만 1년에 몇 번 와 약만 치고 가면 그만인 나무장수에게 유하네의 목소리는 들리지 않습니다.

논도, 밭도 사라지는 시골,
우리 모두 위기다

외지인들이 들어와 논에 흙을 붓습니다. 유하네 마을 입구에 있던 논들이 다 사라졌습니다. 정부의 정책도 논보다 이윤이 더 많이 나는 밭을 추천하고 쌀값도 똥값이니 농부들은 논을 포기합니다. "논을 이렇게 자꾸 없애면 도대체 쌀은 어디서 키우라는 거야." 한숨이 푹 하고 터져 나옵니다. 중국산 쌀에 미국산 쌀까지 들어오니 국산 쌀이 넘쳐나는 것처럼 보입니다. 이러다 진짜 큰일 날 것 같아 시골에서 사라지는 논을 보며 유하네는 위기감을 느낍니다. 마트에는 항상 쌀이 쌓여 있으니 도시인들은 느낄 수 없는 위기입니다.

어느 논에는 눈 깜짝할 새에 흙을 붓고 석축을 쌓고 농막이 들어섭니다. 도시인들이 별장을 갖는 방법입니다. 외지인에게 팔린 어떤 논에는 농사를 짓는 척하기 위해 진흙에 띄엄띄엄 나무를 심었습니다. 어느 논에는 돈이 되는 축사를 짓는다고 해 마을에서는 축사 반대 플래카드를 걸었습니다. 농사짓기 어려워진 늙은 농부들은 살기 위해 밭을 외지인에게 팔아넘깁니다. 작년까지만 해도 시금치가 파랗게 자라던 밭에는 커다란 국수공장이 들어섰습니다. 사라진 논만큼의 쌀이 사라지고, 사라진 밭만큼의 시금치, 양파, 당근이 사라집니다. 사라진 논과 밭, 우리 모두의 위기입니다.

유하네는 계속 익어갑니다

겨울이 가져다준 시간의 마술

타닥타닥

타닥타닥. 잘 마른 나뭇가지에 빨간 불꽃이 내려앉습니다.

타닥타닥. 어느새 빨간 불꽃은 검은 재로 남습니다.

타닥타닥. 타닥타닥. 추운 겨울이 시작되면 유하네 마당을 가득 채우는 소리입니다. 메주와 청국장을 만들기 위한 소리입니다.

겨울이 시작되면 유하네는 유기농 콩을 삽니다. 유하네가 콩을 직접 키워야 하지만, 유하네 집 주변에는 고라니가 너무 많아 콩을 키울 수 없습니다. 동네 선배 농부님들도 모두 콩농사를 포기할 정도입니다. 다른 지역 선배 농부가 정성껏 키운 콩을 깨끗이 씻어 커다란 솥에 담습니다. 적당히 물을 붓고 뚜껑을 닫으면 유하 아빠가 말려놓은 나뭇가지를 들고 와 불을 붙입니다.

유하 아빠는 불을 붙일 때면 '우윳곽' 하나를 준비합니다. 우유 대장 유하, 세하가 우유를 먹고 난 후 한쪽에 모아놓은 것입니다. 유하 아빠의 우윳곽 예찬론이 시작됩니다. "아무리 마른 나뭇가지라도 나무에 직접 불을 붙이는 건 어렵거든. 신문지 같은 종이를 넣으면 너무 빨리 타고 재가 많이 날리는데 우윳곽은 화력도 좋고 금방 타지도 않고 불붙이는 데는 최고인 거 같아."

최근에 화덕을 마련한 대추나무밭 삼촌에게 우윳곽을 잔뜩 갖다줍니다.

마술이 일어나는 시간

이렇게 불을 붙이고 나면 인고의 시간이 기다립니다. 손가락으로 슬쩍 눌러도 뭉그러져버릴 정도로 콩을 푹 삶기 위한 5시간 이상의 시간입니다. 화력이 약해질라치면 나뭇가지를 넣고 넣고 넣고…. 밭에 햇볕이 드리우는 것을 가리길래 잘라놓은 커다란 나무를 통째로 태웁니다. 그렇게 시간이 지난 후 잘 삶은 콩을 커다란 대야에 담습니다. 유하, 세하와 방망이를 하나씩 들고 쿵더쿵쿵더쿵 콩을 빻습니다. "엄마 우리가 달나라 토끼가 된 것 같아." 콩알을 주워 먹던 세하가 말합니다. 잘 빻아진 콩을 메주 틀에 넣고 꼭꼭 누르면 세상에서 제일 이쁜 메주가 완성됩니다.

메주는 50일 정도 시간 여행을 떠납니다. 따뜻한 방에 지푸라기를 깔고 메주를 올려놓습니다. 매일 메주를 들여다보며 굴리다 보면 메주 위에 하얀 곰팡이 꽃이 핍니다. 쿰쿰한 냄새가 방 안을 가득 채웁니다. 지푸라기에 있던 고초균이 메주에 들어온 겁니다. 느리게 지나가는 겨울의 시간이 메주 속에서 신기한 마술을 부리는 것 같습니다. 발효입니다. 이렇게 잘 익은 메주는 정월에 소금물을 만나 맛난 된장과 간장이 됩니다.

겨울에는 시간의 마술을 담은 청국장

잘 삶은 콩을 작은 소쿠리에 담아 지푸라기를 꽂고 방 한 구석에서 이틀 동안 이불을 덮어두면 콩들 사이에 거미줄 같은 실이 생깁니다. 방 한구석 이불 속에서 무슨 일이 생기는지 딱 이틀의 시간이 지나면 쿰쿰하고 구수한 냄새가 유하네 작은 집을 가득 채웁니다. 청국장입니다. 잘 뜬 청국장에 유하네의 여름을 담은 고춧가루와 천일염을 넣어 빻습니다. 한 알 한 알 손으로 뭉쳐놓으면 먹기 좋은 청국장 완성입니다.

"세하는 겨울이면 뭐가 제일 맛있어?" 청국장찌개를 끓이던 엄마가 묻습니다. 세하는 뭐 그런 당연한 질문을 하느냐는 표정을 지으며 "청국장!"이라고 말합니다.

잘 익은 김치 조금, 고기 조금 넣고 시간의 마술을 담은 청국장 한 알을 넣고 보글보글 끓이면 청국장찌개가 완성됩니다. 마지막에 두부를 넣어주면 더 맛나죠.

"청국장은 한국식 패스트푸드라니까. 다 넣고 끓이기만 하면 되니 짧은 시간에 이렇게 구수하고 맛난 맛을 낼 수 있는 청국장이 신기해."

오늘도 유하 엄마는 유하, 세하가 좋아하는 청국장찌개

를 끓입니다.

유하, 세하에게도 온 시간의 마술

이제 막 한 달을 넘긴 강아지들과 놀아주고 온 유하가 방으로 들어서며 "우와 맛있는 냄새" 합니다. 유하는 여름내 열심히 키운 아주까리밤콩과 수수를 넣어 지은 밥에 청국장 한 숟가락을 올려 먹으며 "맛있어, 맛있어" 합니다.

"유하야 청국장도 콩으로 만드는 거 알지?" "당연하지." 크게 밥 한술을 떠 입으로 가져가던 유하에게 "너 근데 콩 싫어한다며?" 하니 "그러네, 히히".

유하는 어느새 콩밥에 청국장을 즐기는 언니가 되었습니다.

"나도 잘 먹어."

청국장에 든 커다란 두부를 밥에 비벼 언니만큼 크게 떠 입에 넣으며 세하가 말합니다.

"그럼, 우리 세하도 이제 일곱 살이니까 뭐든지 잘 먹지" 칭찬합니다.

"나 이제 숫자도 셀 줄 알아. 일, 이, 삼, 사, 오, 육…" 신이 난 세하가 밥을 먹다가 갑자기 숫자를 셉니다. "백!" 세하는 백을 완성하고 나서야 다시 밥을 먹습니다.

엄마와 눈빛을 주고받던 유하가 "우아 대단해, 이제 밥 먹어" 하고 웃습니다. 여섯 살, 두 살에 원주로 왔던 유하, 세하에게도 시간이 마술을 부린 듯합니다.

봄이 옵니다

봄이 오려나 봅니다. 동풍이 불고, 얼음이 풀리며, 겨울 잠을 자던 벌레들이 깨어난다는 입춘이 지나고, 해도 길어 집니다. 일찍 꽃을 피우는 블루베리도 뚱뚱한 꽃눈을 올리고 쪽파의 파란 잎이 얼핏 보이는 게 식물들도 깨어날 준비를 하나 봅니다. 유하네도 잠깐 들었던 겨울잠에서 깨어납니다. 집 주변을 정리하며 밭에 나설 준비를 합니다.

대추나무밭에도 가봅니다. 지난 여름에 키운 대추나무 가지가 하늘을 향해 뻗어 있습니다. 가지치기를 합니다. 맘대로 자란 가지를 대추 딸 때 좋을 만큼만 남겨놓습니다. 대추나무야, 올해는 좀 더 힘내줘, 기도를 합니다. 이 기도는 유하 엄마 스스로에게 하는 기도이기도 합니다. 각종 씨앗과 싹을 심을 봄, 풀과의 한판 싸움을 벌일 여름, 대추가 익어가는 가을을 지나 다시 빨간 불꽃을 만날 겨울까지 또 한 해를 농부로 살아가려는 다짐이기도 합니다.

유하네가 농부로 산 지 4년이 꽉 찼습니다. 아직 초보 농부 이름표를 달고 있는 유하네에게도 시간이 마술을 부려 주길 바라봅니다. 더 신나는 맛을 내는, 더 따뜻한 맛을 내는 유하네가 되었으면 합니다.

농담
2

신나서 하는 일, 농사

원칙 있는 농부 되기

자연과 더불어, 사람과 더불어

여름이 왔습니다

뻐꾹! 뻐꾹! "엄마, 뻐꾸기가 뭐라고 하는 거야?" 등굣길에 세하가 묻습니다. "뻐꾸기가 우리 세하 학교 잘 다녀오라고 인사하나 보다" 하고 답합니다. 유하는 "뻐꾸기가 무슨 인사를 해 그냥 우는 거지" 하고 코웃음을 칩니다. "아니야! 엄마 말이 맞아" 세하가 언니를 삐쭉 쳐다봅니다. 아침이면 뻐꾸기가 우는 걸 보니 여름이 성큼 다가왔나 봅니다.

밤 온도가 10도를 넘어가면 고추를 심어야 합니다. 옥수수, 토마토, 가지, 호박 등등 심어야 할 작물이 가득합니다.

너무 일찍 심으면 냉해를 입어 잘 자라지 못하기 때문에 날씨 앱으로 매일 온도를 체크하며 심을 날짜를 정합니다. 정해진 시기를 넘어가면 안 되기 때문에 유하네는 요즘 하루도 쉴 수 없는 '극농번기'를 보내고 있습니다.

뜬금없이 노동인권 강사

유하 엄마는 2020년부터 강원도 곳곳의 중고등학교를 다니며 노동인권 수업을 하고 있습니다. 강원도에서 열심히 움직이고 있는 후배들이 찾아와 노동인권 수업을 함께해보지 않겠냐고 했습니다. 의미도 좋고 돈도 벌 수 있으니 해볼까 하는 가벼운 마음으로 시작했습니다. 하지만 학생들을 만나 노동과 노동자의 의미를 얘기하는 것은 가볍지 않았습니다. 미래에 노동자가 될 학생들이지만 '노동자' 하면 '멍청이'가 떠오른다는 학생들 앞에서 생각을 나누는 건 쉽지 않았습니다.

'모든 노동은 가치 있고, 서로의 삶을 연결하고 있고, 누구나 노동자이며 우리도 노동자가 될 것이다. 그리고 노동은 헌법이 보장하고 있는 권리이며 모든 노동자는 보장받아야 할 권리가 있다', 그날도 유하 엄마는 수업에서 할 이야기를 되새기며 교실로 들어갔습니다. 강원도 끝에 있는 특성화고등학교 원예과 수업이었습니다. 3명의 학생이 앉아 있었는데 학생 한 명은 엎드려서 자고 있었습니다.

농부를 하겠다는 고등학생을 만나다!

두 명과 수업을 시작했습니다. 1교시가 끝나고 쉬는 시간 10분을 보내니 세 명의 학생이 모두 잠에 들었습니다. '내 수업이 재미없어 그런가? 수업을 어떻게 해야 하지?' 유하 엄마는 모든 학생이 불러도 일어나지 않는 상황에 "그럼 재미있는 영상을 쭉 틀어줄 테니 귀에 꽂히는 내용이 있으면 일어나자" 하고 왜 노동자인가, 산업재해는 무엇인가 등 준비해 간 영상을 틀었습니다. 30분쯤 지났을까, 한 학생이 부스스 일어났습니다. 이때를 놓칠 수 없다며 학생에게 다가갔습니다.

"잘 잤니? 얘기 좀 나눌까?"

학생은 고개를 끄덕합니다.

"너는 뭘 하고 싶니?"라고 묻자 "종자연구원이나 농부가 되려구요" 합니다.

아니 농부가 되겠다는 고등학생이라니 너무 반가웠습니다.

"나도 농부야. 강사는 부캐고 농부가 본캐지" 하며 얘기를 이어갑니다.

"왜 농부가 되고 싶니? 농부가 되고 싶다는 학생은 처음이야!"

"처음에 원예과 왔을 때는 별생각 없었는데요. 할머니 할아버지가 농사를 짓고 계시거든요. 도와드리다 보니 적성이 맞더라구요."

"농부가 미래 유망 직종인 거 알지? 탁월한 선택이야."

"지난주에는 할머니 집에서 고추를 심고 왔구요. 이번 주에는 고구마를 심었어요."

"나도 집에 가서 고추 심어야 하는데. 나는 기계도 안 쓰고 비닐도 최대한 안 쓰려고 하거든. 그러다 보니 너무 힘들다."

"비닐을 왜 안 써요? 비닐 안 치는 농부는 본 적이 없는데."

"비닐은 만드는 과정도 그렇고, 다 쓰고 처리할 때도 그렇고 자연에 좋을 게 없잖아. 자연과 더불어, 자연을 지키며 사는 농부가 되려고."

"아… 그렇게 생각할 수도 있겠네요."

수업 종이 칩니다.

"너도 꼭 좋은 농부가 되길 바랄게. 내년에 또 보자." 유하엄마는 짧은 인사를 하고 교실을 나왔습니다.

원칙을 지키는 농부 되기

유하 엄마는 집에 돌아와 다시 밭에 앉습니다. 오늘도 '기계는 최소한으로 쓰겠다'는 원칙을 지키기 위해 두 손에 레이크(흙을 고르거나 풀을 긁어모으는 데에 쓰는 쇠갈퀴)를 들고 한 삽 한 삽 흙을 퍼 올리며 밭두둑을 만듭니다. 유하 엄마는 땡볕에 서서 땀을 삐질삐질 흘리며 흙질을 하다 "이거 기계로 하면 얼마나 걸려?" 유하 아빠에게 묻습니다.

"두세 시간이면 끝나겠지. 기계로 할까?"

밭 한편에 놓인 유일한 농기계, 관리기를 쳐다보다가 다시 레이크를 잡습니다.

"그래도 원칙을 지켜야지."

유하네는 농부가 되기로 하면서 몇 가지 원칙을 세웠습

니다. 이 원칙이 유하네가 농부가 된 이유이기도 합니다.

첫째, 최대한 자연스러운 농사짓기. 유하네가 생각하는 자연스러운 농사란 제초제나 비닐, 화학비료 등 생산량을 늘리기 위한 억지스러운 일을 하지 않겠다는 겁니다. 생산량이 관행농업의 30%밖에 안 나오지만 이것에 만족하기로 했습니다. 돈을 위한 농사를 짓지 않겠다는 겁니다. 단, 열대식물이라 일정한 온도를 유지해야 하는 고추의 경우 비닐을 치기로 했습니다. 유하네는 몇 년간 비닐을 치지 않고 고추를 심었더니 아예 자라지 않는 것을 보고 대신, 자연스럽게 썩는 전분 비닐을 사용하기로 했습니다. 가격이 일반 농사 비닐의 3배이지만 원칙을 지키기 위한 노력입니다.

두 번째는 유하, 세하와 최대한 함께하기. 유하가 태어나고 유하 엄마와 아빠는 유하와 하루 종일 함께할 수 있는 방법을 고민했습니다. 고민 끝에 한 결정이 농부가 되는 것이었습니다. 돈을 써서라도 유하, 세하의 시간에 함께 있겠다는 것입니다. 집 주변 밭에서 하루 종일 일하니 유하, 세하가 부르면 언제나 달려갈 수 있습니다. 유하, 세하가 언제든 엄마 아빠와 놀 수 있습니다. 오늘도 밭에서 일하며 유하, 세하가 학교에서 돌아와 "엄마 ―, 아빠 ―" 부르는 소리를 기다립니다.

자기만의 원칙 세우기, 지키기

"다 자기만의 원칙이 있지 않을까?"

제초제를 치지 않아 풀이 가득 올라온 밭에 고구마 순을 꽂으며 유하 엄마가 말을 건넵니다. "그렇지. 꼭 우리처럼 해야 옳은 건 아니지. 어떻게 하든 자기가 세운 원칙을 지켜가며 사는 게 중요하지. 화학비료를 쓰기로 했으면 최대한 적게 쓰는 거. 비닐을 쳐야 한다면 잘 정리해 재활용이 가능하게 하는 것. 이런 나름의 원칙을 세우고 꼭 지키는 게 중요하겠지" 유하 아빠가 대답합니다.

오늘도 유하네는 원칙을 지키며 살기 위해 호미를 들고 밭으로 나섭니다. 몇 차례 비로 감자밭에 풀이 가득합니다. 뭐가 감자고 뭐가 풀인지 모를 정도입니다. 비가 와 땅이 한껏 부드러워졌습니다. 오늘 같은 날이 풀 뽑기 제격입니다. 한바탕 풀을 뽑고 나면, 뽑은 풀은 두엄장에 모아 다음 식물을 위한 양분으로 만들고, 감자는 더욱 쑥쑥 자라겠죠. 풍성한 여름을 시작합니다.

신이 나서 하는 일,
노는 게 일인 유하네

살아갈 힘을 주는 농사

고양이 손도 필요해요

뜨거운 여름이 옵니다. 농촌은 '고양이 손이라도 빌리고 싶다'는 농번기입니다. 씨앗마다 싹을 틔우는 시각과 온도가 정해져 있기에 유하네도 정신없이 씨를 뿌리고 싹을 옮겨 심습니다. 고랑과 이랑을 만들고 밭을 채워갑니다. 비어 있던 하얀 도화지에 그림을 그리듯 유하네는 밭에 그림을 그립니다.

밭이 시작되는 곳에는 블루베리와 딸기를 심었습니다. 아이들이 언제든지 밭을 바라보며 열매를 따 먹을 수 있도록 한 것입니다. 앵두나무, 매실나무, 살구나무, 체리나무도 심었습니다. 시원한 날씨를 좋아하는 열무며 총각무, 당근과 완두콩 씨를 먼저 땅에 넣어두고, 감자를 심습니다. 감자 싹 사이사이에는 키가 큰 옥수수를 심어 재미를 줍니다. 조금 뜨거운 날씨를 좋아하는 맷돌호박, 단호박, 애호박, 토마토, 가지, 고추와 고구마를 심습니다. 이제 모종판에서 자라고 있는 땅콩, 아주까리밤콩, 해바라기를 옮겨 심어야 합니다. 대추나무 사이사이에 심어 함께 키울 계획입니다. 여름을 즐기는 들깨에 서리태까지 심으면 밭의 흙색은 초록색으로 가득 채워집니다.

꽃이 피는 정원은 밭

유하네 밭 곳곳에는 꽃이 핍니다. 작약이며 삼잎국화, 하얀 민들레가 꽃을 피웁니다. 고추밭을 가로지르는 십자 모양의 길을 따라 걷다 보면 하얀 고추꽃, 노란 토마토꽃, 보라색 가지꽃을 만납니다. 따뜻한 겨울 때문에 블루베리 잎에 가득 생긴 벌레를 나무젓가락으로 잡으며 유하가 꽃을 찾아냅니다.

"이 노란 꽃은 애기똥풀꽃이고, 여기에 핀 하얀 꽃은 딸기꽃이야. 딸기가 열리고 있네."

세하를 옆에 두고 유하는 밭 해설사가 됩니다.

언니한테 풀꽃을 배운 세하는 이곳저곳을 바라보며 "이것도 애기똥풀, 저것도 애기똥풀" 합니다. 그러다 "언니가 좋아하는 엉겅퀴꽃이다" 하며 꽃을 꺾어옵니다. 유하 엄마는 "이건 엉겅퀴가 아니라 지칭개꽃이야. 비슷하게 생겼지?" 합니다. "똑같이 생겼네" 하고 세하는 얼른 엉겅퀴를 찾으러 뛰어갑니다. "엄마, 땅에 별이 있는 것 같아." 대추밭 가득 핀 노란 민들레를 보며 세하가 외칩니다. 유하는 토끼풀꽃을 꺾어 반지를 만들어 세하에게 끼워줍니다.

"밭에 웬 길이 있어? 아깝게…" 하며 지나가던 마을 어르신이 혀를 끌끌 차십니다. 많은 생산량을 위해 사람이 다니는 고랑도 최대한 작게 만들어 채소를 밭에 가득 채우는 관행농법에 익숙한 어르신에게 유하네 밭은 버려지는 땅이 많아 보였나 봅니다.

"우리 밭은 그냥 밭이 아니고 정원이라 그래요." 유하 아빠가 웃으며 답합니다. 그렇습니다. 꽃과 풀, 채소들이 어울리는 유하네 밭은 정원입니다.

노는 게 일이고 일하는 게 노는 것

헉헉! 고추 모 300개를 심고 그늘에 앉았습니다. 땡볕 속 챙 넓은 모자 하나에 의지해 고추를 심고 나니 땀이 주르륵 떨어집니다.

"엄청 힘든데 참 좋다."

유하 엄마의 말에,

"노는 거지 뭐—."

유하 아빠가 맞장구를 칩니다.

'노는 게 일이고 일하는 게 노는 것, 농사는 쉼'이라는 철학을 현실로 만들어가기 위해 노력 중인 유하네입니다. 밭을 가득 채우니 유하네에게는 쉼이 따라왔습니다. 정원에서 맞는 쉼입니다. 도시에서 했던 노동과는 완전히 다른 노동입니다. 곡괭이로 땅을 파고 레이크로 땅을 긁고 호미로 구멍을 만들어 식물을 심는 육체노동에 몸은 뻐근하지만 힘들지 않습니다. 하고 싶은 대로 그림을 그리고 완성해가는 놀이입니다. 호미질에 맞춰 울어주는 뻐꾸기며, 이름 모를 새들의 노랫소리까지 있으니 더 신이 납니다. 신이 나서 하는 노동입니다.

얼마 전 5일 내내 로컬푸드 매장에서 일하고 주말이면 마을에 들어와 농사를 짓는 마을 언니에게 "너무 힘들겠어요" 하고 안타까운 표정을 지었습니다. 언니는 "나는 농사가 쉬는 거야. 이거 없으면 일주일을 버틸 힘이 없어" 하고 웃습니다. "언니도 우리처럼 놀고 있군요", 맞장구에 한바탕 웃음꽃이 핍니다.

살아갈 힘과 용기를 만드는 농사

몇 주 전부터 토요일이 되면 마을이 들썩입니다. 20여 명이 모여 농사를 짓기로 했습니다. 회사에서 정년퇴직한 할머니, 사업을 하다 개인파산을 한 아저씨, 농사를 짓고 싶지만 땅이 없다는 할아버지 등 각자 사연을 가진 분들이 우리 마을에 모였습니다. 농사가, 땅을 만지고 땀을 흘리는 노동이 사람을 더 건강하고 힘차게 만들 것이라는 확신을 가진 멋진 선배 농부들이 협업농장을 만들었기 때문입니다. '사회적농업'을 한다고 합니다. 원주 지역 8개 시민사회단체와 함께 계획해 농림축산식품부 공모사업에 당선되기도 했습니다. 나이가 들고, 신체적 장애가 있기도 하고, 정신적으로 힘들기도 한 도시민들이 새소리 가득한 우리 영산마을로 들어와 함께 농사를 짓기로 한 것입니다. 농사가 사람들에게 살아갈 힘을 다시 주고, 뭐든지 할 수 있다는 용기를 줄 수 있다는 생각을 현실로 만들어갑니다. 유하 아빠는 농사 담당 교육 간사로 함께합니다.

협업농장 시작을 알리는 행사 날, 600평 정도 되는 땅에 사람들이 모였습니다. 방치되어 있던 밭에 선배 농부들이 잡목을 정리하고 길을 냈습니다.

"옥수수 모종은 밑동을 잡고 빼시구요, 이랑에 두 뼘 간격으로 구멍을 내고 심으시면 됩니다."

유하 아빠가 사람들 사이에 서서 옥수수 모종 심는 방법을 알려줍니다. 처음 하는 호미질이 어색하지만 다들 열심입니다. 한 평 텃밭을 하겠다는 분들도 나섭니다. 이번 주 토요일에는 맷돌호박에, 땅콩도 심고, 마을 주민들과 함께 건강 돌봄 프로그램도 진행합니다. 원주에서 활동하는 플로리스트들이 꽃길도 만들기로 했습니다.

일하며 노는 아이들

학교에서 돌아온 유하가 "엄마 30분만 만화 보고 나와서 일해도 돼요?" 하고 묻습니다. 만화를 보고 나온 유하가 집 앞 풀을 뽑습니다. 집 앞 망초가 어느새 유하 무릎 정도 높이만큼 컸습니다. 유하는 유하 강아지로 지정한 크림이 똥을 모아 밭에 뿌리고 달려옵니다. 장갑을 끼고 망초를 뽑습니다. "씨가 맺히기 전에 뽑아야 해" 하는 엄마의 채근에 있는 힘껏 망초를 뽑아 한곳에 모읍니다. "쏙쏙 뽑히네" 하며 하나 둘 셋 숫자를 세며 뽑습니다. 옆에 있던 세하도 힘을 보탭니다. 어느새 풀 무더기가 생깁니다. "여기 벌레 있다. 잡아서 닭 갖다줘야지." 종이컵에 벌레도 모읍니다. 으악! 소리를 지르다가 우히히 — 웃습니다. 사람은 누구나 밥값을 해야 한다는 유하네의 규칙에 따라 유하는 오늘도 마당으로 밭으로 뛰어다닙니다.

물론 유하 입이 삐죽삐죽 나오는 날도 있습니다. 열심히 일하고 나면 엄마와 아빠는 칭찬을 해줍니다. "유하가 풀을 뽑으니 우리 집 마당이 엄청 이뻐졌어" 하면 유하는 멋쩍은 웃음을 지으며 "이제 놀아도 되죠?" 합니다. 뛰어가는 유하 뒤통수에 대고 "일하는 게 노는 거고 노는 게 일하는 거라니까!" 유하 아빠가 웃으며 소리를 지릅니다. 유하 아빠의 좋은 말을 이해하려면 유하가 조금 더 커야 하나 봅니다.

밭 만들기 대작전

흘린 땀만큼, 딱 그만큼

밭을 꽉꽉 삶자

봄비가 차분히 내립니다. 얕게 묻힌 작디작은 당근씨가 밖으로 나올까, 막 나오기 시작한 감자 싹에 상처가 날까, 봄비는 자분자분 부드럽게 땅에 내려앉습니다. 4월 16일도 지나고 봄 같지 않은 봄이 유하네에게도 찾아옵니다.

유하네 8평 작은 집 앞에는 400평 정도 되는 밭이 있습니다. 이 밭은 원래 집터였습니다. 집이 올려져 있고 사람이 매일 밟으며 지나갔으니 땅은 무지 딱딱했습니다. 또 유하네 집을 짓기 위해 포클레인이며 큰 트럭들이 마구 밟아놨으니 누가 봐도 밭이라 볼 수 없었죠. 씨앗들이 뿌리를 쉽게 내리려면 흙들이 포슬포슬해야 하는데 말입니다. 밭도 절로 있는 것이 아니라 농부의 손길이 닿아 만들어지는 것이었습니다. 겨울에 이사 온 유하네는 봄이 오자 밭 만들기 대작전에 들어갔습니다.

하얀 도화지 같은 밭에 그림을 그려봅니다. 일단 밭 사이로 길을 만듭니다. 이제부터 사람은 길로만 다닙니다. 마당을 이리저리 뛰어다니던 유하가 "왜 이리로만 다녀야 해?"라며 뽀로통합니다. 엄마는 "이제 이곳은 놀이터가 아니고 밭이니까. 유하가 먹을 맛난 채소들을 키워야 하는데 우리가 막 밟으면 채소들이 자랄 수 없잖아" 합니다. 사각형 땅에 십자로 길을 내고 밭을 네 군데로 나눴습니다. 유하 아빠가 삽을 들고 나섭니다. 이 동네에서 70년 가까이 사셨다는, 올해 여든일곱이 되신 앞집 할머니가 혀를 끌끌 차며 오십니다. "밭을 기계로 삶아야지. 삽을 들고 어쩌자는 거야." 밭을 삶아? 냄비에 넣고 삶아? 처음 들어본 농사 전문용어에 당황합니다. '삶다'는 말의 뜻 중에 '논밭의 흙을 써레로 썰고 나래로 골라 노글노글하게 만들다'가 있었습니다.

73

땅속의 작은 구멍들

보통 봄이 되면 농부들은 소똥 등으로 만든 퇴비를 잔뜩 뿌리고 집마다 하나씩 있는 커다란 트랙터로 밭을 갈아엎습니다. 겨우내 딱딱해진 땅을 보드랍게 만들면서 밑거름을 땅에 넣어주는 겁니다. 그러나 무거운 트랙터가 매년 밭을 꾹꾹 밟으니 겉은 부드러워 보일지 몰라도 땅속은 그렇지 않다고 합니다. 수차례 귀농학교를 다닌 유하 아빠 말로는 '경단층'이라는 것이 생겨 땅이 숨을 쉴 수 없게 돼 땅속 미생물들이 자유롭게 활동할 수 없다고 합니다. 미생물이며 곤충들이 함께 살아가야 땅이 건강하고, 건강한 땅에서 자란 채소들이 사람에게도 건강을 줄 것이라는 마음으로 유하네는 기계를 쓰지 않고 최소한의 깊이만 갈아엎기로 했습니다.

유하 아빠가 한 삽 땅을 뒤집으면 유하 엄마는 돌을 골라내고 수십 년 묻혀 있었을 비닐이며 쓰레기를 골라냅니다. "땅속에 왜 신발이 묻혀 있는 거야?" 함께 일을 하는 유하, 세하도 땅에 철퍼덕 앉아 보물찾기하듯 쓰레기들을 골라냅니다. 전 주인이 집터로 썼으니 아무렇게 버린 쓰레기들이 땅속 깊이 들어 있던 거죠. 이렇게 하다간 이랑도 못 만들고 한 해가 지나갈 것 같습니다. 네 칸 중 한 칸을 뒤집고 나머지는 내년에 하기로 하고 레이크로 흙을 긁어모아 이랑이며 고랑을 만듭니다. 다행히 강릉에 사는 농부 선배가 밭 귀퉁이에 방치되어 있던 작은 관리기 하나를 가져가라고 합니다. 기계를 쓰지 않겠다는 높은 '결의'를 살짝 무너뜨리고 낡은 트럭을 몰고 가 얼른 받아왔습니다. 삽도 들어가지 않는 밭에 채소를 키우기는 어려우니 말이죠. 마음대로 되지 않네요.

가다 서다를 반복하는 오래된 관리기로 땅을 조금 부드럽게 만든 후 고랑과 이랑을 만듭니다. 이랑에는 식물을 심고 고랑으로는 사람들이 걸어 다니며 농사를 짓습니다. 식물이 자라는 이랑을 사람이 밟지 않으니 앞으로는 땅을 갈아엎지 않아도 됩니다. 식물들의 뿌리가, 곤충들의 먹이 활동이 땅을 보드랍게 만들어줄 테니 말이죠. 당근씨를 뿌리기 위해 호미로 이랑에 난 잡초들을 뽑습니다. 호미로 땅을 툭 친 순간 동그란 구멍이 보입니다. 씨를 뿌리겠다며 당근씨 봉투를 들고 있던 세하가 "쥐구멍이다" 외칩니다. 순간 얇고 작은 당근씨가 후두둑 땅으로 떨어집니다. 짜증이 올라오지만 '침착해'를 두 번 속으로 외치고 유하 엄마는 친절한 목소리로 "그러네. 두더지랑 땃쥐가 땅속에 구멍을 만들었네. 쥐들 덕분에 땅이 부드러워지겠네" 합니다.

옻나무도 부리는 텃세

할머니 혼자 사시는 유하네 앞집 뒤에 있는 밭도 빌렸습니다. 마을에 흩어진 무덤의 벌초를 해주는 대신 빌린 밭입니다. 밭 한쪽 방치되어 잘 자라지 못한 대추나무를 베어내고 뿌리를 캐내 채소밭을 만들었습니다. 좋은 마늘씨를 구해 심었습니다. 지나가시던 마을 대장 할아버지 농부가 "마늘잎이 좋네" 칭찬을 하십니다. 농사를 짓기 시작하면서 처음 받은 칭찬이었습니다. 유하네의 삽질을 기억하는 듯 마늘 싹은 추운 겨울을 견디고 딱딱한 땅을 뚫고 나왔습니다. 마늘이 뿌리로, 잎으로 땅을 뒤집어주었으니 더욱 부드러운 힘을 가진 멋진 밭이 될 거라고 생각했습니다.

이렇게 3년째 밭을 만들고 있었는데 앞집 할머니 자식들이 유하네를 찾아왔습니다. 내년부터는 그들이 농사를 지으려고 하니 밭을 내놓으라 합니다. 늙으신 어머니가 돌아가시기 전에 옆에서 텃밭 농사를 지으며 함께하겠다는 자식들의 착한 마음이었지만 유하네에게는 청천벽력입니다.

"어차피 우리 밭도 아니었는데 뭐, 대출받아 좋은 밭 하나 사자." 유하 아빠는 위로의 말과 함께 더 큰 꿈을 꿨지만 소심한 유하 엄마는 "그동안 저 밭 만드느라 고생했는데…" 하며 안타까운 마음에 마늘잎 사이를 걸어봅니다.

한 통계를 보니 귀농 실패의 큰 이유 중 하나가 이웃과의 갈등, 일명 '텃세'라던데 우리한테도 비슷한 상황이 오는 건 아닌가 걱정도 됐습니다. 할머니의 자식들은 "우리에게 권리가 있다"며 땅 주인과의 관계, 자신들이 이곳에서 얼마나 오래 살았는지 등등 알 수도 없는 수십 년간의 역사를 읊으며 유하네가 한 지난 3년간의 노력은 아무것도 아니라는 식으로 말했습니다. 며칠 전 밭둑에 늙은 호박을 심어보자고 아무렇게나 자라고 있던 옻나무를 베어내고 정리하다 세하에게 옻이 올랐습니다. 아빠를 도와주겠다며 옻나무 가지를 맨손으로 만진 까닭입니다. 아침에 팅팅 부은 세하 얼굴에 약을 발라주다 "옻나무까지 우리한테 텃세야!" 괜히 심술을 부려봅니다.

땀만큼, 딱 그만큼

오늘도 유하네는 밭을 만들기 위해 나섭니다. 오늘은 유하네 집 옆 골짜기 사이에 있는 밭으로 향합니다. 작년 봄 아카시아 밑 그늘이 지는 곳에 곰취를 심었습니다. 그늘을 좋아하는 곰취는 골짜기에 심기 좋은 채소입니다. 반짝거리는 연두색 곰취잎이 예쁘게 나왔습니다. 내년이면 장아찌를 담가 나눌 수 있을 것 같습니다. 올해는 햇볕이 들어올 수 있게 아카시아를 베어내고 감자랑 당근이랑 더덕을 심었습니다. 유하네가 흘린 땀만큼, 딱 그만큼의 밭이 만들어집니다.

농부들이 만들어낸 기적, 열매

나뭇가지가 휘어지도록
열매를 맺는다는 대추나무

"엄마! 대추가 먹고 싶어요."

대추밭을 지나던 세하가 말합니다. 농부가 된 지 3년째, 대추밭을 만난 지도 3년. 세하는 이제 알려주지 않아도 언제쯤 대추를 먹을 수 있는지 아는 것 같습니다. 유하네는 300그루가 넘는 대추나무를 기르고 있습니다. 귀농하면 대추를 키우겠다 마음먹은 적 없지만, 이사를 와보니 집 앞 땅에 대추나무가 자라고 있어 자연스럽게 이 대추나무를 받아 키우기 시작했습니다.

대추는 다산의 상징이기도 합니다. 척박한 땅에 심어도 꽃이 피면 반드시 열매를 맺고, 주렁주렁 나뭇가지가 휘도록 열매를 맺으니 결혼을 하는 사람들에게 전통적으로 선물을 하는 과일입니다.

유하네도 대추나무를 받으며 주렁주렁 열릴 대추를 상상했습니다. 대추가 열리면 대추차에, 요즘 유행하는 대추칩을 만들고, 생대추를 잘라 넣은 나박김치도 만들고, 유하네가 직접 만든 막걸리식초에 담가 대추식초도 만들고, 빨갛게 잘 말린 대추도 만들어 팔아야지 하고 마음을 먹었습니다. 모두 유하네가 만드는 꾸러미에 담길 것들입니다.

열매를 기다리는 시간

대추나무를 키우는 일은 쉽지 않습니다. 5년 이상 자라야 본격적으로 열매가 달리기 때문에 이 시간 동안 나무의 수형을 생각하고 매년 가지를 정리해주며 키워야 합니다. 싹이 올라오기 전, 겨울이 끝날 무렵부터 가지들을 정리해주고 나무마다 퇴비를 줍니다. 봄날의 반짝반짝 연두색 대추잎이 나오면 가지가 될 부분을 손으로 모두 잘라줍니다. 뜨거운 여름날 작은 대추꽃이 피어나면 부지런한 꿀벌들이 웅웅 하고 날며 수정을 해줍니다. 이즈음이면 대추밭 가득 자란 풀을 베어 눕힙니다. 올해도 유하 아빠가 무거운 예초기를 들고 매일 대추밭을 오갔습니다.

열매가 달리기 시작할 즈음 각종 나방, 나비들이 대추 속에 알을 낳기 때문에 벌레들이 싫어하는 목초액 등을 물에 섞어 나무에 뿌려줍니다. 대추가 달아 벌레들이 특히 좋아하기 때문입니다. 보통 트랙터에 모터가 달린 큰 분무기로 뿌리지만 트랙터도 없고 모터 달린 비싼 분무기도 없는 유하네는 어깨에 짊어지는 20리터짜리 농사용 분무기를 사용합니다. 수십 번, 수백 번을 왔다 갔다 하며 벌레를 쫓습니다. 올해는 진짜 잘해보자는 결심으로 대추밭에 정성을 쏟았습니다. 작물들은 농부의 발걸음 소리를 먹고 자란다고 하죠.

대추는 열리지 않았다

근데 두 달간의 장마와 따라온 태풍은 유하네에게 대추

열매를 허락하지 않았습니다. 벌이 날아 대추꽃을 수정해 줘야 열매가 맺히는데 기나긴 장마 탓에 벌들이 날 수 없었나 봅니다. 2020년에는 유난히 굶어 죽은 벌들이 많다고 하지요. 마을에서 벌꿀을 채취하는 양봉장에는 드럼통 가득 설탕물이 들어갔다고 합니다. 어느 마을 분의 친척이 벌꿀을 사 갔다는 소식에 마을 어르신은 "그거 완전 설탕물이야" 하시더라고요. 벌들이 죽어간다는 소식에 유하네는 걱정거리가 늘었습니다. 그나마 열린 대추들은 두 번의 태풍이 모두 가져가버렸습니다. 바람에 열매가 모두 떨어져버린 겁니다. 그래서 올해는 유하네 대추를 먹기 힘들어졌습니다.

"올해도 대추가 열리지 않으면 저 대추나무들 몽땅 뽑아버릴 테야!"

마을 선배 농부님은 올해 결심을 행동으로 옮기실 모양입니다. 유하 아빠도 한쪽 대추나무를 뽑고 새로운 나무를 심어볼까 생각합니다. 힘들게 가꿔왔던 대추나무지만 열매를 맺지 못하면 쓸모가 없기 때문입니다.

"내년에는 호두나무, 밤나무, 체리나무, 오디나무를 심어보자."

새로운 열매를 맺기 위해 유하네는 지치지 않고 다시 계획을 세웁니다.

때가 되면 모두 열매를 맺는다

모든 식물은 때에 맞춰 열매를 맺습니다. 초봄에 심은 감자는 하지를 지나면 열매를 맺고, 늦봄 하얗게 피어난 딸기꽃은 6월이 되면 열매가 됩니다. 딸기꽃이 필 즈음 작은 종처럼 생긴 꽃을 피우는 블루베리도 7월이면 보랏빛 열매를 맺습니다. 노란색 작은 토마토꽃도 한여름 주먹만 한 열매를 맺고, 5월 초에 심은 고추나무에 여름 내내 맺힌 파란색 열매도 빨갛게 익어갑니다. 6월 초에 심은 고구마 순도 잎을 가득 달고 땅속에서 열매를 익힙니다. 못났든 잘났든, 작든 크든 열매를 맺습니다. 심지어 내가 심은 작물보다 잘 자라는 풀들도 이맘때쯤 열매를 맺습니다. 앞집 할머니는 밭 한가득 핀 바랭이 씨앗들을 보며 "풀씨 떨어진다" 혀를 끌끌 차기도 합니다.

마을 성당을 방문한 누군가가 "농부는 매일 오병이어의 기적을 만들어가고 있다"고 했습니다.

"봄에 씨앗 한 알 심어 수천, 수만 개의 열매를 만들어내니 농부는 매일 기적을 만들어내고 있는 거죠."

그의 말에 고개가 절로 끄덕거려졌습니다. 한국 전체 인구의 5%도 안 되는 농부들이 전 국민의 먹거리를 만들어내고 있으니 틀린 말이 아닙니다. 마트에 쌓여 있는 열매 하나하나는 농부가 만들어낸 기적입니다.

단단하게 커가는
유하, 세하라는 열매

유하네 최고의 열매는 유하, 세하입니다. 유하 엄마와 아빠는 '온 세상에 평화와 자유'를 이라는 이름을 붙인 열매를 더욱 알차고 단단하게 만들기 위해 시골로 왔습니다. 코로나 때문에 집에서 선생님이 보내주신 학습 꾸러미를 하던 유하가 묻습니다.

"엄마는 우리 동네 하면 뭐가 생각나?"

우리 동네라는 주제의 학습지에는 빵집, 마트, 미용실, 경찰서, 식당 등이 그려져 있고 동네에 있는 것을 골라보라는 질문이 있었습니다. 그런데 우리 동네에는 없는 것들입니다.

"유하는 뭐가 생각나는데?"

"벌레가 생각나. 방아깨비랑 메뚜기, 엄마가 싫어하는 진드기 같은 거 말이야. 우리 동네에는 벌레가 많잖아. 근데 여기에 벌레라고 쓰면 이상할까?"

"벌레가 살아야 사람도 사는 거지."

유하 엄마가 웃으며 답합니다.

얼마 전 놀러 왔던 유하의 이종사촌 동생 로희는 유하 언니가 맨손으로 방아깨비를 잡아준 것이 신기한지 밤마다 전화를 걸어옵니다.

로희가 "유하 언니가 방아깨비랑 개구리를 이렇게, 이렇게 잡아줬어요" 하니 "다음에 오면 또 잡아줄게, 또 놀러 와" 하고 유하가 답합니다.

무서운 태풍이 또 한차례 지나간 원주 작은 마을에서 단단한 열매들이 잘 익어갑니다.

식물의 일생을 함께하는 농부

겨울을 버티고 뿌리를 키우는 양파

양파를 심으러 나섭니다. 양파는 초가을에 싹을 심어두면 겨울을 버티고 봄에 뿌리를 키워내는 식물입니다.

"간격이 너무 좁은 거 아냐? 내년에 클 양파 크기를 생각하면서 심어야지."

옆 고랑에서 크고 있는 배추에 물을 주던 유하 아빠가 말을 건넵니다.

"그런가? 양파가 어른 주먹만큼은 크니 너무 좁게 심은 것 같다."

심었던 양파 싹을 뽑으려 하자, "그냥 놔둬, 우리 실력에 그렇게 크게 키우긴 어려울 거 같네" 유하 아빠가 웃으며 이야기합니다.

농부라면 씨를 뿌릴 때부터 이 씨앗이 나중에 어떤 모양으로 클지 고민하고 간격을 맞춰 심어야 하는데 초보 농부인 유하 엄마는 가끔 이 사실을 까먹습니다.

"총각무를 이렇게 빡빡하게 놔두면 어떻게 해! 솎아줘야지!"

지나가던 어르신이 한 말씀 하십니다.

"난 아직도 솎아주는 걸 잘 못하겠어."

총각무 앞에서 유하 엄마가 중얼중얼합니다. 씨앗이 작아 줄로 뿌려놓고 나중에 자랄 총각무의 크기를 생각해 필요 없는 부분의 싹은 뽑아내야 하는데 이걸 잘 못하니 둥글 길쭉 총각무 모양이 안 나오는 겁니다.

"에잇, 작으면 작은 대로 먹지 뭐."

유하네 총각무는 이번에도 작고 제멋대로입니다.

생강잎을 본 적이 있나요

얼마 전 일손을 도와준다고 친구들이 유하네를 방문했습니다. 친구들과 함께 밭을 돌아다니며 이것저것 설명하던 유하 엄마가 "생강이 어떻게 생긴 줄 알아?" 묻습니다.

"동글동글 생긴 뿌리잖아."

"그럼 여기서 생강을 찾아봐."

밭고랑 중간에서 퀴즈대회가 열립니다. 친구들은 딸기잎을 보며 이건가, 고구마잎을 보며 이건가, 합니다. 아무도 찾아내지 못했습니다. 친구 한 명이 조금 아는 척을 합니다.

"생강나무가 있다고 하던데? 나무에서 주렁주렁 열리나?"

마트에는 잎이나 뿌리를 모두 잘라내고 먹을 부위만 갖다 놓으니 당연히 생강잎을 본 적이 없을 겁니다.

"생강나무는 봄에 산수유보다 조금 빨리 노란 꽃을 피우는 나문데 잎에서 생강 비슷하게 냄새가 나서 이름이 생강나무래. 이구, 완전 바보들이구만."

모두 한바탕 웃습니다.

"여기 있잖아. 뾰족뾰족한 잎을 만져봐. 생강잎에서도 생강 냄새가 나."

친구들이 몰려들어 생강잎을 만지고 그 손을 연신 코에 갖다 댑니다.

"생강이 이렇게 이쁜 잎을 가지고 있구나, 처음 봤어. 이것도 먹는 거야?"

"아니 먹지는 않는 것 같고 고기나 생선 숙성할 때 깔아주는 용도로는 쓰더라구."

도시 친구들 앞에서 초보 농부 유하 엄마도 식물 박사 못지않습니다.

식물의 처음과 끝을 함께해야
진짜 농부

유하네는 식물의 일생을 함께합니다. 초봄에 심는 동글동글한 잎을 가진 땅콩은 꽃을 피운 후 꽃이 땅속으로 들어가 열매를 맺습니다. 흔히 땅콩은 뿌리 열매라고 생각하지만 열매를 보호하기 위해 땅속에 열매를 숨긴 땅콩의 생존 전략입니다. 고구마는 초여름 고구마에서 나온 순을 잘라 땅속에 꽂아놓으면 뿌리를 내리고 그 뿌리 중 열매 뿌리가 고구마로 변신합니다. 초봄과 가을에 심는 당근은 그 잎이 한 다발 꺾어 꽃병에 꽂아도 멋질 만큼 이쁩니다. 감자는 한 해를 묵힌 열매에서 싹이 나오는 눈 부분을 잘 쪼개어 심으면 하지에 새로운 감자를 가득 달고 나옵니다. 감자는 뿌리가 아니라 땅속줄기라는 사실. 쪽파는 봄부터 여름까지 자란 것을 뽑아 잘 말려 밑동을 가을에 다시 심어 겨울을 납니다. 봄이 되면 쪽파 밑동 하나는 여러 개로 갈라지며 제일 먼저 밭을 파란 잎으로 채웁니다.

김장을 위해 한창 키우고 있는 무며 배추를 보면 어찌나 신기한지요. 유하 눈곱보다 작은 씨앗을 뿌려놨더니 무는 어른 종아리만 해지고 배추는 한 포기가 한 아름입니다.

"엄마 씨앗이 너무 작아. 이게 어떻게 커다란 무가 된다는 거야." 고개를 절레절레 저으며 씨를 뿌렸던 유하도 커다랗게 자란 무를 보며 "이게 우리가 심었던 그 작은 씨앗에서 나온 거야? 말도 안 돼! 엄마가 큰 무 갖다가 심어놓은 거 아냐?" 하며 웃습니다.

김장을 위해 11월 중순이면 모두 뽑아내겠지만 뽑아내지 않고 헌 이불 같은 것으로 잘 덮어놓으면 배추와 무는 뿌리로 겨울을 나고 이듬해 봄에 굵은 꽃대를 올려 노랗고 하얀 꽃을 피웁니다. 무꽃, 배추꽃이 어찌나 이쁜지 본 사람만

안다니까요. 그 꽃이 지고 씨앗을 맺으면 그 씨앗을 받아 다시 밭에 뿌립니다. 요즘은 판매용 씨앗이 워낙 잘 나오니 씨앗을 받는 농부도 흔치 않습니다. 진짜 농부가 되려고 노력하는 유하네는 최대한 씨앗을 받습니다. 유하 아빠는 뚜껑이 넓은 병만 보면 "씨앗 통 해야지" 하고 모아둡니다. 올해도 조선오이씨, 단호박씨, 아주까리밤콩씨, 작은 수박씨, 검은팥씨, 해바라기씨, 들깨씨, 사과참외씨 등 각종 씨앗을 모았습니다. 내년 봄이면 싹을 틔우고 열매를 맺고 다시 씨앗을 맺을 소중한 마무리입니다.

생의 처음과 끝을 생각하며 산다는 것

서울에서 온 친구들에게 유하 엄마가 "늙으면 어떻게 살 거야?" 하고 묻습니다.

"그렇게 모아둔 돈도 없고. 아니 모을 수도 없고 연금은 국민연금밖에 없는데 어찌 사나" 하고 한숨을 휴 뱉습니다.

저질 자본주의가 판치고 있는 한국에서 당장 먹고살 일도 막막한데 노후를 생각한다는 건 사치일지도 모르겠습니다. "그니까 지금 아파트 하나라도 사놔야 한다니까. 그래야 늙어서 파먹고 살지." "자식도 없으니 나중에 찾아올 사람도 없고 늙으면 참 외롭겠다는 생각도 들어." 즐거운 저녁식사 자리에 유하 엄마의 질문이 찬물을 끼얹었습니다.

'밭에서 자라는 식물도 차근차근 시기에 맞춰 잎을 틔우고 꽃을 피우고 열매를 맺고, 다시 씨앗을 만들어 다음 해를 준비하는데…' 하고 유하 엄마는 생각에 잠깁니다.

"그러니까 답은 시골에서 모여 사는 거라니까!" 귀농 전도사, 시골살이 예찬론자로 별명이 붙은 유하 엄마가 목소리를 높입니다.

"농사에는 정년이 없어. 시골에 오면 예순도 청년이라니까. 우리는 이 동네에서 애기야 애기. 땅만 잘 만들면 먹을 거 다 만들어낼 수 있지. 주거비용 적게 들지. 도시에서 가졌던 욕심만 조금 버리면 시골살이가 노후 준비라니까. 다들 시골 와서 살 준비해."

"좋은 세상 만들기 전에 지구가 먼저 망하겠다. 시골 와서 땅도 살리고, 지구도 살리고 몸도 살리며 함께 살자." 유하 엄마, 아빠가 돌아가며 말을 잇습니다.

"시골로 내려오더니 완전 시골사람 다 됐어."

"오늘만이 아니라 내일, 일생을 고민하며 살아야지." 친구들도 말을 보탭니다.

대추밭 한편 작은 농막이 새 식구를 찾았습니다. 귀농을 위해 서울에서 내려왔지만 여의치 않아 동네 도정공장에서 일하고 있는 청년입니다. 집을 빌려주고 연세로 받기로 한 약간의 돈으로 이번 주말에는 동네 분들을 모시고 우리 집 마당에서 파티를 열기로 했습니다. 청년의 집들이 겸, 가을 수확 철 몸보신도 함께하자는 의미입니다. 유하네는 이렇게 일생을 함께 보낼 이웃을 또 하나 만났습니다.

계절을 앞서 사는 농부

예상할 수 없는 것을 예상해야 하는 기후 위기 속 농사짓기

고추랑 뜨겁게 안녕

고추를 뽑습니다. 늦봄부터 여름을 지나 초가을까지 함께했던 고추를 뽑습니다. 작은 나무만큼 자란 고추 줄기에는 풋고추가 주렁주렁 열려 있지만 뽑아내야 합니다. 다음 작물을 키우기 위해서입니다.

"고추가 겨울을 날 수 있으면 얼마나 좋을까."

유하 엄마는 풋고추가 아깝기도 하고 잘 자란 고추 뿌리가 땅 위로 드러나는 것이 안타깝기도 해 한마디를 던집니다.

"그러게 그럼 매년 새로 심지 않아도 되고 좋을 텐데."

유하 아빠도 웃습니다. 아열대식물인 고추는 한국에서 겨울을 날 수 없습니다.

올해 고추는 참 우여곡절이 많았습니다. 시기를 맞춰 심었지만 유난히 추웠던 봄 날씨 때문에 고추가 자라지 못했습니다. 일찍 심은 고추들은 냉해를 입기도 했죠. 요즘 대부분 고추농사를 비닐하우스 안에서 하지만 유하네는 노지에 고추를 심습니다. 비닐하우스를 지을 만큼 큰돈이 없기도 하지만 할 수 있을 때까지는 비닐 사용을 최소화하자는 다짐을 지키기 위해서였습니다.

날씨 때문에 노심초사하고 있는데 아뿔싸, 고라니가 와서 고추의 여린 순을 다 먹어버렸습니다. 악! 악! 밤이면 들려오는 고라니 울음소리에 유하 엄마는 원망을 늘어놓습니다.

"다른 풀도 이렇게 많은데 왜 고추를 먹는 거야."

"고라니도 맛있는 걸 좋아하는 거지."

유하 아빠도 푹 한숨을 내쉬었습니다.

결국 유하 엄마 아빠는 다른 농부들의 경우 본줄기를 위해 가차 없이 꺾어버리는 곁가지들을 소중히 키워 고추를 땄습니다. 고추가 넘어지지 않게 묶어주는 줄을 팅기기도 힘들고, 가지가 땅으로 늘어져 고추 열매들이 땅바닥에 구르기도 했지만 그래도 우리 식구들이랑 나눌 양만큼의 고춧가루를 만들 수 있어서 다행입니다.

기후도 위기, 절기도 위기

농부들은 계절을 앞서 삽니다. 농부가 된 후 유하네도 그렇습니다.

고추를 뽑아내고 내년 늦봄에 양파와 마늘을 수확하기 위해 땅을 갈고 고랑과 이랑을 새로 만듭니다. 마트에는 제철과 상관없이 열매들이 가득하지만 농부들은 6월 하지감자를 캐기 위해 땅이 풀리는 3월 초중순에 씨감자를 심습니다. 가을 고구마를 캐기 위해 늦봄에 고구마 싹을 심고, 늦가을부터 초겨울 김장 때 가장 많이 쓰는 고춧가루를 만들기 위해 뜨거운 여름을 보냅니다. 이듬해 5월 중순 양파와 마늘을 캐기 위해 농부들은 겨울을 앞둔 10월 말 양파 싹과 씨마늘을 심습니다. 유하네도 2000개가 넘는 양파 싹과 3000개가 넘는 씨마늘을 심었습니다.

계절을 앞서 산다는 것은 예상할 수 없는 날씨를 예상해야 한다는 것입니다. 그래서 우리 조상들은 경험을 토대로 절기를 만들었습니다. 절기에 맞춰 살고 농사를 지었습니다. 하지만 지구가 위기에 처했다는 지금은 절기가 무색합니다.

가을이 얼마 남지 않았던 8월 말 유하네는 김장 배추를 심었습니다. 10월 말 11월 초, 늦가을에 일 년 먹을 김치를 담기 위한 여정을 시작한 거죠. 올해는 때에 딱 맞춰 잘 키워보자는 마음으로, 막바지 기세를 올리던 풀들을 치우고 밭을 새로 만들었습니다. 심어놓은 배추 싹들이 참 이뻤습니다. 대부분 그러했듯이 늦여름, 초가을의 뜨거운 태양과 건조한 날씨가 배추를 잘 키워줄 거라 생각했습니다. 그러나 지구에 위기가 닥친 지금, 날씨도 자꾸 예상을 빗나갑니다. 가을장마가 몰려왔습니다. 가을에는 찾아볼 수 없었던 습한 날씨와 이어진 폭우. 배추밭이 물에 잠겨버렸습니다. 유하 아빠가 배수로를 열심히 팠지만 워낙에 물이 많은 밭인데 거의 한 달 가까이 햇빛을 볼 수 없었으니 배추가 잘 자라지 못했습니다. 배추가 자라야 할 시기에 갑자기 한파가 몰려왔습니다. 64년 만에 몰려온 초가을 한파라고 했습니다. 하루아침에 밤 기온이 영하 5도까지 내려갔습니다. 급하게 무와 배추에 보온재를 덮어주었습니다.

결국 배추는 병이 들었고 올해 배추농사는 한마디로 '폭망'입니다. 뉴스에서는 한파로 채솟값이 폭등했다고 하고 햄버거에는 양상추가 빠졌다고도 합니다. 농사가 잘될 때는 채솟값이 떨어져 돈을 못 벌고 이런 날씨에 채솟값이 올라간다고 하지만 농부들은 팔 채소가 없어 돈을 벌 수 없습니다. 유하네도 이번 김장을 어떻게 해야 하나 걱정이 태산입니다.

그래서 농사를 짓자

주말입니다. 주말에는 주현이가 놀러 옵니다. 유하네에서 멀지 않은 시내에 사는 세하의 동갑내기 친구입니다. 주현이 엄마가 유하네 마을에서 하는 사회적농장에 참여하고 있어 주현이는 엄마가 농사를 짓는 동안 세하랑 함께 놉니다. 거의 매주 토요일마다 만나는 동갑내기 세하와 주현이는 "슈퍼 점프!" 하며 미끄럼틀에서 뛰어내리기도 하고 잠자리채를 들고 잠자리를 쫓아다니기도 합니다. 옆집에 있는 소도 구경하고, 땅에 있는 풀을 뽑아 다른 곳에 다시 심어주는 놀이도 합니다.

자기 먹거리를 직접 키우고 싶어 하는 주현이 엄마에게 유하네가 밭 한 귀퉁이를 빌려줬습니다. 농사에 관심을 보이는 젊은이 소식에 사회적농장에서 선생님으로 함께하는 유하 아빠가 앞으로도 계속 농사를 지으라고 빌려준 것입니다. 농사에 관심을 보였던 유하 친구네에게도 빌려줬던 밭입니다. 주말이면 주현이 엄마는 주현이 아빠까지 데려와 풀을 걷어내고 이랑, 고랑을 만들고, 양파와 마늘을 심었습니다. 유하 엄마는 주현이네가 오면 가지차를 내기도 하고 고구마밥에 가을달래장을 만들어 함께 점심을 먹기도 합니다.

농사에 관심을 보이는 사람이 있으면 유하 엄마와 아빠는 득달같이 달려들어 우리 밭을 빌려줄 테니 함께 농사를 짓자고 제안합니다. 작은 밭이라도 함께 일구며 땅의 소중함, 하늘의 소중함, 농사의 중요성을 알았으면 하는 마음입니다. 더 많은 사람이 농사를 지었으면 하는 마음입니다. 여느 교회 전도사 못지않습니다.

동네 도정공장에 다니는 삼촌에게도 대추밭 한쪽을 내어주고, 옆집 아저씨의 형님이 퇴직해 내려오자 얼른 집 앞 밭 한쪽도 내어줬습니다. 삼촌은 갓이며 무를 키워 김치를 담고, 내년을 기약하며 양파를 심었습니다. 옆집 아저씨의 형님은 배추를 심어 김장을 준비합니다. 옆집 아저씨의 형님은 농사가 체질인 것 같다며 내년부터 본격적으로 농사를 짓고 싶다고 합니다. 작은 농부들이 늘어납니다.

　작은 땅이라도 일구는 작은 농부들이 많아지면 위기의 지구를 살려내는 데 작은 보탬이 될 것입니다. 예상할 수 없는 지구의 위기를 극복할 수 있는 방법은 땅을 지키고, 하늘을 지키는 작은 농부들이 늘어나는 것입니다. 농부들의 노력이 인정받는 세상을 만들어가는 것입니다. 오늘도 작은 농부 유하네는 양파 싹과 씨마늘을 들고 예상할 수 없는 계절을 앞서, 반짝반짝 빛나는 내년 봄을 기다리며 밭으로 나섭니다.

매일을 담는 상자

유하네는 꾸러미로 살아요

자연을 담는 상자

상자를 준비합니다. 유하네가 보낸 한 달을, 유하네가 매일 만나는 자연을 담는 상자입니다. 유하네는 이 상자를 꾸러미라 부릅니다. 유하네가 꾸러미를 싼 지 벌써 5년이 되었습니다.

농사를 짓기로 한 유하네는 땅과 하늘이 준 건강한 행복을 나누고 싶었습니다. 제초제나 살충제를 치지 않고 자연과 어울리며 풀 속에서 자라 스스로를 지킨 힘을 품고 있는 채소와 열매들이 도시에서 살고 있는 사람들에게 힘이 되길 바랐습니다. 그래서 매달 상자에 유하네의 즐거운 일상을 담기로 했습니다.

꾸러미로 깨어나고
꾸러미로 사는 유하네

자연이 깨어나는 3월이면 유하네도 깨어납니다. 유하네 항아리도 깨어날 때입니다. 겨우내 따뜻한 방에서 띄운 메주로 담근 장들이 깨어납니다. 3월은 한해의 첫 번째 꾸러미를 쌀 때입니다. 3년을 항아리에서 익어 진한 갈색이 된 된장, 까만 간장, 콤콤한 냄새가 나는 청국장과 유하네의 뜨거운 여름을 담은 빨간색 고추장을 담습니다. 꽁꽁 언 땅이 풀리자마자 빼꼼히 푸른 싹을 올린 달래로 담근 김치도 담습니다. 겨울을 품어 알싸한 향이 일품인 야생 달래입니다. 꾸러미를 받아볼 식구들에게 새봄의 기운을 담습니다.

날이 점점 따뜻해지고 움찔움찔 싹들이 돋아납니다. 5월 전에 들에 나는 풀은 어떤 것이든 먹을 수 있다고 합니다. 맛없는 풀과 맛있는 풀이 있을 뿐. 두 번째 꾸러미에는 야생의 것들을 담습니다. 산으로 다니며 봄나물의 왕 두릅을 꺾고, 여름이면 주황색 꽃을 올리는 원추리의 새순을 따고, 그늘에서 몰래 큰 잎을 키운 곰취도 따서 장아찌를 만듭니다. 너무 맛있어서 유하네 동네에서는 집마다 마당 한편에서 키우는 꽃나물(삼잎국화)을 꺾어 물김치를 만들고, 아직 추운 날씨에 서리를 맞으면서도 밭을 푸르게 만드는 새봄 쪽파를 뽑아 쪽파김치도 만듭니다. 몰래 숨겨놨다가 식구들끼리만 먹는다는 보약, 새봄 첫 부추도 잘라 부추김치도 담급니다. 두 번째 꾸러미에는 봄의 알싸한 맛이 담깁니다.

농부들이 본격적으로 농사를 시작하는 5월을 지나며 세 번째 꾸러미를 쌉니다. 봄 가뭄을 뚫고 연둣빛 잎을 키우는 열무와 총각무를 뽑아 김치를 담급니다. 매년 유하네가 키우는 첫 채소입니다. 여린 잎을 하나하나 다듬어 풋내 나지 않게 살살 무칩니다. 동그란 총각무를 한 입 베어 물면 아그작아그작 입속에 늦봄이 들어옵니다. 봄무도 뽑아 데굴데굴 깍두기도 담급니다. 유기농 오미자를 구해 유기농 설탕에 절여 발효시킨 검붉은 오미자청도 담급니다. 유하네 마당에 핀 커다란 함박꽃 색입니다.

겨울을 난 양파와 마늘이 알을 키워 뽑을 즈음이면 네 번째 꾸러미를 쌉니다. 유하 아빠 주먹만큼 커진 양파를 뽑아 김치와 장아찌를 담급니다. 억지로 온도를 높인 하우스에서 키워 향을 잃은 양파와 달리 유하네 양파는 눈물이 쏙 날 정도로 향과 맛이 강합니다. 한 알을 심었는데 신기하게 여섯 쪽이 된 마늘을 뽑아 새콤한 식초에 넣어두면 초마늘이 됩니다. 잘 구운 고기에 올려 먹으면 뜨거운 여름을 맞이할 준비가 끝입니다. 6월이면 노지딸기가 제철입니다. 뽕나무 열매 오디며, 블루베리도 보라색으로 익어갑니다. 절로 자란 새콤달콤 열매들을 모아 유기농 설탕을 넣고 잼을 만듭니다. 유하네 '베리베리잼'을 담은 꾸러미에는 초여름의 향이 담깁니다.

고추가 익어가는 뜨거운 여름이 오면 더위를 쫓아줄 액체들을 모아 다섯 번째 꾸러미를 쌉니다. 초록빛 기운을 담은 매실청, 붉은색 기운을 담은 오미자청. 여기에 유하네 항아리에서 익은 간장에 각종 채소를 넣어 끓인 맛간장과 막걸리를 따뜻한 곳에 두기만 하면 시간이 절로 만들어주는 막걸리식초, 여름 더위를 한 방에 날려줄 수정과도 넣습니다.

여름의 정중앙을 통과합니다. 빨갛고 노란 복숭아가 잘 익어가면 잼이랑 조림을 만들어 여섯 번째 꾸러미를 쌉니다. 뜨거운 여름의 매운맛을 담은 청양고추를 다져 고추장

물을 만들고 작년에 만들어 소중히 간직해오던 묵은지도
꺼냅니다.

대추가 익어가기 시작하면 일곱 번째 꾸러미를 쌉니다.
빨갛게 익은 대추를 따 또각또각 썰고 나박나박 가을무를
썰어 생대추나박김치를 담급니다. 가을에 다시 심은 종구
에서 푸른 잎을 올린 쪽파로 쪽파김치를 담그고, 풋고추를
따다 장아찌도 만듭니다. 익지 않은 풋토마토를 모아 피클
을 만듭니다. 하늘에서 뚝뚝 떨어지는 자연산 밤도 모아 꾸
러미 상자 한 귀퉁이를 채웁니다.

파란 하늘이 높아지면 여덟 번째 꾸러미를 쌉니다. 배추
옆에서 열심히 자란 가을 총각무와 열무를 뽑아 김치를 담
그고, 막 나온 햅쌀을 삭혀 식혜를 만듭니다. 뾰족뾰족 파
란 잎이 이쁜 생강을 뽑아 갈고 유기농 설탕을 섞어 생강차
를 만들고, 항아리에서 된장과 고추장을 꺼내 각종 채소를
다져 넣은 쌈장도 만듭니다. 뜨거운 여름, 따고 씻고 말린
고추를 곱게 갈아 만든 고춧가루도 넣습니다.

유하네의 일 년이 담기는 김장김치를 넣을 아홉 번째 꾸
러미를 쌉니다. 겨울부터 키워 늦봄에 캔 마늘과 봄에 심어
가을의 시작과 함께 캔 생강, 일 년 내내 따고 씻고 말려 만
든 고춧가루, 늦여름 심었던 배추와 무, 쪽파와 갓을 뽑아

김장김치를 담급니다. 유하네의 겨울, 봄, 여름, 가을을 담습니다.

겨울을 눈앞에 두고 열 번째 꾸러미를 쌉니다. 김장 하고 남은 무로 동치미를 담급니다. 나무에서 잘 익혀 딴 대추로 대추차와 대추과자를 만듭니다. 대추를 가득 넣어 가을 향기가 가득한 수정과와 3년 만에 만난 표고버섯으로 만든 표고버섯가루도 담습니다.

겨울입니다. 농부도 쉬고, 땅도 쉬는 겨울이 왔으니 열한 번째 꾸러미를 쌉니다. 유하네 마당 한가운데에 있는 큰 솥이 빛을 발할 때입니다. 풀 속에서 키운 맷돌호박과 거둬둔 재팥을 넣고 호박죽을 끓입니다. 막 나온 해콩도 삶아 유기농 지푸라기로 청국장을 띄웁니다. 다시 장작에 불을 붙입니다. 불 위에 큰 웍을 올리고 생두를 볶습니다. 잘 볶은 원두를 갈아 만든 커피를 꾸러미에 넣습니다.

마지막 꾸러미 상자입니다. 유하네 창고를 털어 향긋한 오미자주도 한 병, 햅쌀로 담근 식혜도 한 병, 유하네 대추로 끓인 수정과도 한 병 넣습니다. 대추차도 한 병 넣고, 청국장도 몇 덩이 넣습니다. 늦가을 털어놓은 서리태와 옥수수알을 정리해 넣습니다.

매일을 담는 꾸러미

유하네는 지구를 지키는 농부가 되겠다는 커다란 꿈을 꿉니다. 유하네는 이 커다란 꿈을 매달 작은 상자에 넣습니다. 커다란 꿈을 이루기 위한 유하네의 매일을 넣습니다. 유하네가 만나는 자연을 넣습니다. 유하네가 지키고 싶은 지구를 넣습니다. 유하네와 함께 꿈을 꿔보실래요?

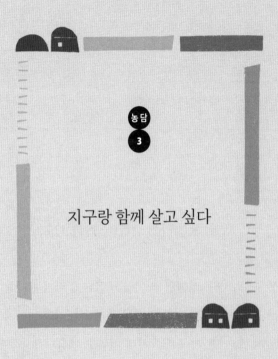

농담

3

지구랑 함께 살고 싶다

풀 속에 살아요

풀이 가지고 있는 힘

'쑥쑥' 풀 자라는 소리를 들어봤나요

장마철입니다. 심했던 봄 가뭄이 끝나고 비가 온다는 소식에 유하네는 설렙니다. 작물이 뿌리를 내리고 자라기 시작할 때 오는 봄 가뭄은 유하네 마음도 태웁니다. 뜨거운 태양 아래 반나절이면 밭에 흙은 바짝 말라버립니다. 연신 스프링클러를 돌리고 물이 닿지 않는 곳에는 직접 호스를 들고 물을 줍니다. 봄 가뭄 동안 농부의 일과는 물 주는 일이 시작이고 끝이지요. 초보 농부 유하 엄마는 물 주는 일을 잘하지 못해 기껏 심어놓은 작물을 죽이기 일쑤입니다.

이런 와중에 하늘이 비를 내려주면…, 이래서 농부는 땅을 밟고 하늘을 이고 산다고 하는구나 합니다.

봄 가뭄이 지나가고 장마가 오면 이제 풀과의 한판 싸움을 시작합니다. 유하 엄마는 매년 풀과의 전쟁을 선포합니다. 전쟁을 선포할 것까지야라고 할 수 있지만 올해는 반드시 풀을 몽땅 뽑아 내가 심은 작물들을 지켜보겠다는 의지의 표명입니다. 이길 수 있을 거라고 생각하며 풀에 싸움을 걸지만 유하 엄마는 어느새 풀과의 '평화선언'을 하며 풀을 이기겠다고 한 어리석은 생각을 반성하죠. 땡볕에 자라는 속도가 느려졌던 풀들이 수시로 내리는 비에 본격 활동을 시작합니다. 장마가 한차례 지나가고 뒤돌아보면 어느새 밭에는 작물이 보이지 않을 정도로 풀들이 자라납니다. '쑥쑥' 하고 풀들이 자라는 소리가 들리는 듯합니다. 열심히 풀을 매보지만 돌아보면 다시 풀들이 고개를 듭니다.

풀을 키우는 거야,
고구마를 키우는 거야?

유하네는 약을 치거나 비닐을 깔아서 풀이 자라는 것을

막지 않습니다. 풀과 꽃이 어울리고 작물과 풀이 서로를 의지하며 자라길 바라죠. 한창 가문 날 고구마밭에 물을 주고 있으니 앞집 할머니가 "왜 물을 주는 거야, 풀 잘 자라라고 물을 주는 거야?" 하고 유하 엄마 가슴에 화살을 콱 박고 가십니다. 이랑은 물론 고랑에도 풀 하나 나지 않게 제초제를 뿌리고, 새벽부터 밤늦게까지 밭을 기어 다니며 풀을 매던 부지런한 할머니 농부에게 유하네 밭이 엉망으로 보이는 게 당연합니다. 영양분도 많지 않은 유하네 밭을 보시며 작물이 먹어야 할 양분을 풀들이 다 먹어버릴 거라는 걱정이시기도 합니다. "여기 고구마 있잖아요, 고구마 잘 자라라고 주는 거죠" 하고 웃었지만 유하 엄마도 이 많은 풀을 언제 뽑나 한숨이 절로 납니다.

고추밭 풀을 매던 날, 커다랗게 자란 개비름을 보며 "얘는 언제 이렇게 자랐대?" 하며 낫으로 베려는 순간 개비름 줄기에 하얗게 진딧물이 앉아 있는 것을 보았습니다. 바로 옆에 있던 고추에는 진딧물이 하나도 없는데 말이에요. '개비름으로 진딧물이 모이나 보다' 하고는 그대로 두었습니다. 개비름을 자르면 고추로 진딧물이 옮겨 갈 테니 말이죠. 풀하고 작물하고 어울려 산다는 것이 이런 건가 하는 생각이 들었습니다.

스스로를 지키는 힘을 잃어가는 채소들

풀을 진지하게 들여다봅니다. 유하 아빠가 말합니다.

"사실 우리가 키우는 모든 채소는 풀에서 시작한 거야."

절로 난 풀과 열매를 먹다 먹을 만한 풀들을 개량해 지금의 채소와 과일들이 탄생한 거죠. 더 많은 수확물을 위해 개량을 거듭하면서 열매들은 크기도 커지고 점점 달콤해졌지만 작물이 스스로 가지고 있던 적응력은 약해졌습니다. 벌레 한 마리 들어가지 못하는 하우스에서 자라거나, 각종 살충제, 제초제와 화학비료로 자란 작물들은 스스로 가지고 있었을 각종 힘들을 잃어갔습니다. 이렇게 자란 작물들은 스스로를 지키기 위해 가지고 있던 강한 향마저 잃어갑니다.

유하네를 방문해 바비큐를 즐기던 한 친구가 유하네 텃밭 상추에 고기를 싸 먹으며 "아니, 원래 상추에 향이 나는 거야? 식감이 왜 다르지?" 합니다.

비닐하우스에서 곱게 자라 마트에 예쁘게 진열되어 있는 보들보들한 상추만 먹어봤던 친구에게는 유하네 상추가 낯설었나 봅니다. 풀과 경쟁하고 스스로 벌레를 쫓으며 자란 작물들은 자신을 지킬 힘을 가지고 있습니다. 유하네는 이 힘이 사람에게도 스스로를 지킬 힘으로 이어질 것이라 생각합니다.

풀이 영양분 가득한 흙으로

풀이 가득한 밭에 유하 할머니가 앉습니다. 앉은키만큼 자란 풀숲에 앉아 쓱쓱 풀을 뽑기 시작하십니다. 한창 풀을 매다 할머니는 낮고 단호한 목소리로 말씀하십니다.

"여기는 너희가 사는 곳 아니야, 저리 가."

갑작스러운 목소리에 함께 풀을 매던 유하 엄마가 놀라 물었습니다.

"무슨 일 있으세요?"

"아니, 여기 뱀이 있잖아. 새끼인 것 같은데 내가 한마디 했더니 저리로 갔어."

뜨거운 햇살에 풀숲 그늘을 찾아 뱀이 쉬고 있었나 봅니다. 혹시나 유하, 세하에게 해가 갈까 하는 할머니의 마음을 알아챈 뱀이 스스로 자리를 피해줍니다.

장마 사이 할머니와 유하 엄마가 열심히 뽑아놓은 풀을

한쪽에 쌓아놓습니다. 옛날에는 집마다 두엄장이 있었다고 하지요. 두엄은 풀 등을 쌓아서 썩혀 만든 거름을 말합니다. 지금은 화학비료나 포장되어 나온 퇴비를 사서 사용하기 때문에 시골에서도 두엄장을 보기 힘듭니다. 유하네는 밭에서 나온 각종 풀을 비롯해 깻대, 고춧대 등 작물 부산물들을 모아 한쪽에 쌓아 썩힙니다. 공장에서 만든 비료나 퇴비가 아니라 스스로 만든 건강한 퇴비, 두엄을 작물들에게 주려고 하는 거죠.

올봄 마을 도정공장에서 나온 왕겨에 각종 풀과 유하네가 먹고 남은 음식물 찌꺼기 등을 넣어 썩힌 두엄을 밭에 뿌렸습니다. 두엄을 뒤집으니 어른 엄지손가락보다도 큰 굼벵이들이 잔뜩 나오기도 했습니다. 유하는 닭 밥으로 준다며 얼른 통에 주워 담았지요. 옆에 있던 세하가 "여기도 궁뎅이가 있어"라고 해 한바탕 크게 웃기도 했습니다. "이거 잡아서 팔면 돈 되겠는데." 요즘 사슴벌레며 장수풍뎅이 굼벵이를 작은 상자에 넣어 판다는 얘기에 유하 아빠가 웃으며 농담을 합니다. 실제 며칠 후 유하는 학교에서 자연과학 시간에 받았다며 굼벵이를 상자에 담아 오기도 했으니 영 농은 아니었습니다. 두엄을 뒤집으니 질긴 풀들은 사라지고 부드러운 흙이 나왔습니다. 풀이 썩어 다른 식물들에

꼭 필요한 영양분을 가득 가진 흙이 된 것입니다. 두엄장에는 유하네가 먹고 버린 단호박씨가 넝쿨을 만들고 다시 단호박을 만들어내고 있습니다. 두엄 한 수레를 퍼 넣고 심은 맷돌호박도 줄기줄기 열매를 맺고 있습니다.

두엄을 뒤집던 유하 엄마가 말합니다.

"우리도 언젠가 흙으로 돌아가겠지? 누군가에게 꼭 필요한 영양분을 가득 가진…."

풀 속에 사는 유하네는 어느새 개똥 철학가가 되기도 합니다.

유하네는 오늘도 풀숲을 헤치고, 잘 자란 풀을 베어 눕히며 들깨를 심습니다. 풀들이 스스로 만들어낼 유기물과 영양분이 가득한 땅을 기다리면서 말이죠.

도시가 만들어낸 기후위기는
시골로 향한다

친환경 태양광발전으로 무너지는 시골

올해도 망했다

"엄마 언제 비가 그쳐?"

2주의 짧은 방학을 맞은 유하가 매일 아침 물어봅니다. 비가 그쳐야 마당에 수영장을 설치하고 친구들을 불러 놀 수 있기 때문입니다. 수영선수가 꿈이었던 유하는 코로나가 터지고 수영장에 가지 못합니다. 그래서 마당 수영장만 오매불망 기다렸습니다. 근데 비가 그칠 생각을 하지 않으니 "올해는 망했어" 유하가 뾰로통합니다.

엄마도 속으로 '올해도 망했어' 합니다.

6월 중순 장마가 시작된다는 소식에 신이 났었습니다. 원주로 이사 오고 유하네는 계속 물 걱정을 하며 살았거든요. 원주로 귀농 첫해였던 2018년, 유하네는 야심차게 600평의 밭을 빌렸었습니다. 참외도 심고 콩도 심고, 들깨도 심을 생각이었죠. 6월 중순 장마가 오기 전 미리 키워놓은 콩 모종을 잔뜩 심었습니다. 비가 오면 푸릇푸릇 콩이 잘 자라겠구나 하면서요. 근데 웬걸 비가 오지 않았습니다. 이른바 마른장마였습니다. 물과의 싸움을 시작했습니다. 물이 나오지 않는 밭이라 물지게를 지듯 양손에 조리개를 들고 물을 날랐습니다. 600평 밭에 물을 주기에는 부족했습니다. 결국 콩 모종이 타들어가는 것을 보고만 있어야 했습니다. 가래침만 뱉어도 산다는 들깨도 모조리 타 죽었습니다. 작년에도 역시 가물었습니다. 그나마 비가 조금 와서 들깨는 키울 수 있었습니다.

그래서 올해는 제대로 된 장마가 오려나 기대했습니다. 6월 말 장마가 시작됐다고 했는데 이상하게 우리 동네만 비가 오지 않았습니다. 매일, 매시간 날씨 앱을 들여다봤지만 비는 오지 않았습니다. 드디어 비가 온다는 날, 얼른 콩 모종을 들고 나섰습니다. 하지만 비는 오지 않았습니다. 유하 엄마는 화가 머리끝까지 치밀었습니다.

콩을 심다 호미를 던지고 "하늘이 우리를 버렸나? 성당에도 열심히 나가는데—" 하고 소리를 쳤습니다. "물 주면 되지, 그래도 이렇게 함께 밭에 있으니까 난 좋다." 호스로 콩에 물을 주며 유하아빠가 웃습니다.

남쪽에서 오르락내리락하던 장마전선이 중부지방으로 올라왔습니다. 유하 엄마의 원망을 들은 듯 비가 쏟아지기 시작했습니다. 그리고, 한 달 동안 비가 왔습니다.

"나랑 한번 해보자는 거야?" 유하 엄마가 또 소리를 지릅니다.

끊임없이 내리는 세찬 비에 고추가 넘어가고, 들깨가 녹아내려도 보고만 있어야 했습니다. 달렸던 대추도 다 떨어지고, 벌이 날지 못하니 피었던 대추꽃도 그냥 다 떨어져버렸습니다. 밭 곳곳은 물길로 파헤쳐지고 한쪽에서는 물이 뽀글뽀글 계속 흘러나오는 샘이 생기기도 했습니다.

"말 함부로 하지 말아야지…." 비가 잠시 그친 사이 넘어진 고추나무를 세우며 유하 엄마는 다짐합니다.

북극곰의 불행이 우리의 삶으로

이번 길고 긴 장마는 환경오염에 따른 기후위기 때문이라고 합니다. 인간이 아무렇지도 않게 써왔던 많은 것들 때문에 지구의 온도가 1도 이상 올라갔고, 빙하들이 녹아내리고 찬 공기들의 세력이 강해지면서 이번 역대급 장마를 만들어냈다고 뉴스가 떠들어댑니다.

"엄마 북극곰들이 얼음이 없어서 헤엄을 치다가 지쳐서 물에 빠져 죽는대요."

유하가 들려줬던 북극곰 이야기가 퍼뜩 떠올랐습니다. 다큐멘터리에서 보던 북극곰의 불행이 우리에게도 오는 것 아닐까 무섭기도 했습니다.

"유하야, 우리가 쓰고 버린 쓰레기들이 우리 눈에 안 보인다고 사라진 게 아니야. 지구 밖으로 나가지는 못할 테니 어딘가에 또 모여 있겠지. 그러니까 뭐든지 아껴 쓰고 되도록 쓰레기를 덜 만드는 사람이 되자."

뉴스를 보던 유하 아빠의 일장 연설에 유하도 고개를 끄덕입니다.

태양광발전은 친환경인가

비가 계속 오고 전국에 산사태 경보가 내렸습니다. 우루 루룽, 천둥이 칠 때면 혹시 뒷산이 무너지는 소리는 아닐까 긴장합니다. 재작년 옆 산에 굵은 나무들을 다 베고 갑자기 태양광발전 시설이 들어오면서 산 걱정은 더합니다. 산 밑 에 있는 이웃 어르신 집도 걱정이고, 태양광 시설 옆 복숭아 밭도 마을의 걱정거리입니다. 마을 반장님은 무슨 일이 벌 어질지 모르니 매달 복숭아나무 사진을 찍어두자고 제안을 하기도 했습니다.

텔레비전에서는 태양광 시설이 무너졌다는 뉴스들이 나 오기 시작합니다. 정부에서는 태양광 시설이 산사태의 원 인이 아니라고 강조했습니다. 친환경 에너지라며 태양광발 전 시설을 장려했던 정부의 변명이었습니다.

유하네 동네에 태양광발전 시설이 들어온 시작은 마을에 살던 할아버지가 시내로 나가면서 농사를 짓지 못하자 산 전체의 나무를 베어내고 그 자리에 태양광발전 시설을 설 치하면서부터입니다. 마을 사람들은 "동네 사람인데 말릴 수도 없고…" 하며 지켜봤습니다.

정부는 자연환경을 위해 화석연료를 줄인다며 '친환경'

이라는 이름을 붙여 태양광발전 시설을 장려했습니다. 노년기의 안정적인 수입을 보장한다고 마치 연금이라도 되는 양 홍보했습니다. 나이가 들어 농사를 짓기 어려운 농민들에게는 솔깃한 제안입니다. 땅도 팔리지 않고 농사를 못 지으면 벌금을 내야 하는데 정부가 지원금을 줘가며 태양광 시설을 지으라고 하니, '친환경'이라는 멋진 이름도 붙었으니, 마다할 이유가 없었던 겁니다. 결국 산은 민둥산이 되고 우후죽순 태양광 시설이 들어섰습니다.

오늘은 서울에서 쉬러 온 선배를 앞에 두고 토론회가 벌어졌습니다.

"굵은 나무들이 싹둑싹둑 잘려 나간 것 봐. 이게 무슨 친환경이야."

유하 엄마가 화를 냅니다.

"도시를 위해 시골의 희생을 강요하는 것 같아."

"제대로 값도 안 쳐주는 도시 사람들 먹거리 만든다고 농민들은 골병이 들고, 가뜩이나 밭이며 논이며 줄어드는데, 있는 밭도 태양광들이 다 차지하니 도대체 어쩌란 말이야. 식량자급률이 20프로 조금 넘는다는 거 도시 사람들은 모르나 봐."

"저기서 나오는 전자파가 어떤 영향을 줄지 아무도 모르잖아. 바로 옆에 있는 우리들이 다 감내해야 하는 거잖아."

"저 태양광 패널들 오래되면 다 쓰레기 될 텐데 저건 다 어찌 처리할 거야. 무한대로 에너지를 만드는 친환경 태양광? 말도 안 되는 소리!"

"이러다가 마을 전체가 태양광발전소가 될 것 같아. 요즘은 태양광 농사라고 한다며?"

24시간 함께하며 세상 이야기를 나누는 유하 엄마와 유하 아빠는 터진 봇물처럼 토론을 이어갑니다.

다행히 비가 그쳤습니다. 안절부절 하늘만 보며 사는 초보 농부 유하네에게 "이제 하늘만 의지해 농사짓는 시대는 갔어"라고 누군가 훈수를 둔 적이 있습니다. 핸드폰 하나로 온도며 습도며 다 조절할 수 있는 스마트팜이며 공장형 채소농장들이 등장하고 있는 시대에 비닐도 안 깔고 농사짓는 유하네를 안타까워하는 현실적인 조언이기도 합니다.

"농부마저 하늘을 믿지 않으면, 농부마저 자연을 지키지 않으면 누가 하겠어요."

"그니까 자연을 지키는 농부를 공무원으로 고용해야 해. 그래야 농부가 늘지. 유럽은 그런다잖아."

"농민수당도 안 준다는데 우리나라에서 가능이나 한 얘기야?"

선배가 피식 웃으며 말합니다.

"야, 이거 그대로 유튜브에 내보내면 인기 있겠는데?"

유하네는 김준태 시인의 「농부」를 읊으며 오늘도 땅을 지키러 자연을 지키러, 밭으로 나섭니다.

그의 신발엔 흙이 묻어 있다

그는 날마다 하늘을 밟고 산다

벌레랑 삽니다

벌레가 살아야 사람도 삽니다

넘치고 넘치는 벌레 이야기

"어, 쟤 왜 저래?"

기다란 호스를 들고 밭에 물을 주던 유하 아빠가 놀랍니다. 잘 크던 양배추에 문제가 생겼습니다. 푸르던 잎이 줄기만 남은 채 그물이 돼 있었습니다. 어느새 생긴 연둣빛 애벌레 작품입니다. 유하 아빠가 젓가락과 종이컵을 들고 애벌레를 한 마리 한 마리 잡습니다. 옆에 있던 파에는 까만 파벌레가 가득이네요.

총각무를 뽑습니다. 퇴비가 부족해 그런지 손가락 굵기

만큼만 자란 총각무를 아쉽지만 남김없이 뽑습니다. 풀 사이 총각무를 뽑으니 꼬랑지가 붙은 노린재가 우두둑 떨어집니다. 온몸이 반들반들 보석 같은 딱정벌레도 있습니다. 열심히 총각무 이파리를 먹으며 있었나 봅니다. 툭툭 털어내고 총각무를 뽑습니다.

앵두나무에 앵두가 잔뜩 열렸습니다. 봄날 같지 않은 낮은 기온에 꽃이 금방 졌는데도 유하, 세하 먹기에 충분한 앵두가 달렸습니다. 빨간 앵두를 따던 유하가 "여기도 있네!" 합니다. 머리가 주황색인 매미나방 애벌레입니다. 앵두나무 옆 블루베리에도 있습니다.

"이러다 블루베리잎도 다 먹겠다."

유하는 아빠가 쓰던 나무젓가락을 들고 와 애벌레를 잡아 통에 모아 멀리 던집니다.

잦은 비에 풀이 쑥쑥 자랍니다. 유하 엄마는 '최애' 아이템 '낫호미'를 들고 밭에 앉습니다. 열심히 풀을 베어 눕히다 깜짝 놀랍니다. 흙 속을 기던 커다란 지렁이가 낫에 걸려 올라옵니다. 옛날 같으면 으악 소리를 질렀을 텐데 무덤덤하게 지렁이를 다시 땅에 놓아줍니다. 놀란 지렁이는 얼른 흙을 파고 들어갑니다. 비가 자주 오니 밭에 지렁이가 더 많은 것 같습니다.

햇살이 따갑던 날 유하 엄마는 빨래를 탁탁 털어 넙니다. 시골살이 즐거움 중 하나는 빨래입니다. 뜨거운 햇살에 뽀송뽀송 마른 빨래를 걷어 옵니다. 텔레비전 앞에 앉아 빨래를 개기 시작하는데 뭔가 다리를 콱 쏩니다. 으악 소리를 지르고 보니 벌 한 마리가 빨래를 따라 들어온 거였습니다. 벌에 쏘여본 사람만 아는 고통! 영문도 모를 벌에게 한바탕 욕을 퍼부은 후 휴지로 싸서 밖에 놓아줍니다.

유하는 여름이면 방아깨비를 잡습니다. 다른 벌레는 안 좋아하면서 방아깨비는 좋아합니다. 유하가 좋아하는 민트색에 가까운 방아깨비의 연두색이 좋은가 봅니다. 친구들이 오면 얼른 밭에 들어가 방아깨비를 잡아 옵니다. 뒷다리를 잡으면 방아깨비는 신나게 방아를 찧습니다. 방아깨비의 재롱에 유하와 친구들은 한바탕 웃습니다.

나비다! 하얀 나비가 납니다. 주황색에 검은색 무늬가 있는 나비도 납니다. 머리끝부터 발끝까지 까만 나비도 납니다. 매주 토요일마다 놀러 오는 도현이가 한쪽에 놓여 있던 잠자리채를 들고 뜁니다.

"나비 잡아도 돼요?"

"그럼. 싹 다 잡아줘."

나비 애벌레들에 양배추를 빼앗긴 유하 아빠가 응원을

보냅니다. 동갑내기 친구 세하와 도현이가 잠자리채를 들고 이리 뛰고 저리 뜁니다.

"잡았다."

도현이가 들고 온 잠자리채에 하얀 나비 두 마리가 들어 있습니다.

윗집에 사는 삼촌 눈두덩이가 부었습니다. 유하 엄마는 걱정스러운 표정으로 묻습니다.

"무슨 일이에요?"

"어제는 괜찮았는데 오늘 아침 보니까 눈이 이렇게 됐더라구요."

범인은 등에였습니다. 느낌도 없이 물고는 큰 구멍을 뚫고 가는 벌레입니다.

"이구, 조심하지."

유하 엄마는 오이 망 묶기에 집중합니다. 한참을 일하던 유하 엄마가 "나도 물렸네, 언제 물렸지?" 하고 호들갑을 떱니다. 등에 독이 강했는지 팔이 팅팅 부었습니다. 벌레 독에 약한 유하 엄마는 얼른 알레르기약 한 알을 먹습니다.

유하네 밭 한편에는 풀 더미가 쌓여 있습니다. 3년 내내 베어 모은 풀에 왕겨를 넣어 썩힌 두엄 더미입니다. 우리 땅에서 나온 건강한 풀들을 다시 땅으로 돌려주기 위해 하는 일입니다. 감자를 심기 전 밭에 뿌리기 위해 두엄을 리어카에 담습니다. 아빠가 삽질로 두엄을 뜨니 엄지손가락보다 굵은 굼벵이가 툭 튀어나옵니다.

"진짜 크다. 이 굼벵이는 나중에 어떤 벌레가 되지?"

유하가 묻습니다.

"크니까 사슴벌레나 장수풍뎅이가 되지 않을까?"

성충이 궁금한 유하는 큰 통에 왕겨를 넣고 커다란 굼벵이 두 마리를 넣습니다. 키워서 뭐가 될지 보려는 모양입니다.

학교를 다녀온 유하, 세하가 보랏빛으로 익어가는 블루베리를 따 먹겠다고 풀밭으로 들어갑니다. 유하 엄마는 얼른 진드기퇴치제를 들고 나섭니다. 진드기에 물려 죽는 사람도 있다고 하니 면사무소에서 나눠준 약입니다.

"자, 뒤로 도세요, 다시 앞으로 도세요."

칙칙 온몸에 진드기가 싫어한다는 약을 뿌리고 유하, 세하는 다시 달려갑니다. 한참을 놀고 목욕을 하려는데 세하 몸에 진드기 한 마리가 붙어 있습니다.

"에잇, 나쁜 것!"

유하 엄마는 손톱 사이에 진드기를 넣고 툭 터트립니다.

대추꽃이 폈습니다. 연둣빛 작은 꽃입니다. 작은 대추꽃에 벌이 날아듭니다. 이 꽃 저 꽃 날아다니며 꿀을 모으는 꿀벌. 작년에는 역대 최고로 긴 장마 때문에 벌들이 다 굶어 죽었다지요. 벌들이 날지 못하니 대추도 열리지 않았습니다. 작은 꿀벌이 너무 반갑습니다.

"벌들 응원가라도 만들어서 불러줘야겠다."

유하 엄마의 말에 유하 아빠가 즉석에서 노래를 만들어 부릅니다.

"벌 날아든다 ─, 벌 날아든다 ─."

저녁을 먹은 후 물이 떨어지자 유하 아빠가 깜깜한 어둠을 뚫고 나뭇가지를 모아 불을 피웁니다. 주전자를 올리고 물을 끓입니다. 아이들도 다 자니 유하 아빠가 심심하지 않게 옆에 앉아 라디오를 틀어줍니다. 잔잔한 노랫소리가 어둠을 타고 울려 퍼집니다. 오랜만에 느껴보는 여유입니다.

"저기 봐, 반짝반짝 반딧불이다."

유하 아빠의 손끝을 따라가자 불빛이 보입니다. 가로등 하나 없이 깜깜한 밤에 반딧불이가 춤을 춥니다. 반짝반짝 참 이쁩니다.

싫으나 좋으나 벌레랑 삽니다

목욕을 하던 세하가 유하 엄마에게 묻습니다.

"엄마! 벌레가 죽으면 우리도 죽어?"

"그럴 거야. 벌레도 우리가 숨 쉬는 공기를 마시고 우리가 먹는 물을 먹고 우리가 먹는 식물이 자라는 흙을 먹으며 사니 벌레가 죽으면 사람들도 살기 힘들 거야. 그니까 벌레 무서워하지 말고 같이 사는 친구려니 해."

또 비가 오려는지 개미가 줄을 지어 갑니다.

"어디로 가는지 보자."

유하, 세하가 따라갑니다.

"엄마! 여기가 개미집인가 봐."

개미가 밭 중간에 집을 지었나 봅니다. 개미가 집을 지으려 땅을 파니 땅이 부드러워집니다. 오늘도 유하네 집에는 거미가 줄을 치고, 벌이 집을 짓습니다. 나방이 날아오다 거미줄에 걸립니다. 창문 방충망에는 장수풍뎅이가 기어오르고 밭 속에서 메뚜기가 뛰어오릅니다. 유하네는 벌레랑 함께 삽니다.

기계 없이 농사짓고 싶다

가을 농사를 시작하며 밭에 트랙터를 올리다

땡볕에서 준비하는 가을

24분의 13, 365도 중 135도, 가을의 입구, 24절기 중 13번째 절기인 입추를 지났습니다. 아침저녁으로 부는 바람이 시원합니다.

매일의 날씨를 위성지도로 확인하는 요즘, 조상들의 절기가 잊혀가지만 자연과 더불어 사는 유하네에게는 날씨 앱만큼 중요한 것이 절기입니다. 낮의 길이가 길어지며 진짜 봄이 시작되는 춘분이면 감자를 심고, 낮의 길이가 가장 긴 하지가 되면 감자를 캡니다. 중복 무렵인 소서에는 들깨를 심고, 가을이 시작된다는 입추가 오면 가을 농사를 시작합니다. 찬 이슬이 내리는 한로가 되면 땅속에서 겨울을 날 마늘과 양파를 심지요.

가을 농사의 시작은 밭 정리입니다. 마늘과 양파, 감자를 캔 밭에는 여름내 풀들이 자랐습니다. 가슴 높이만큼 자란 풀들이 밭을 가득 채웠습니다.

유하 아빠는 낫을 들고, 유하 엄마는 외발 수레를 끌고 밭에 발을 딛습니다. 유하 엄마는 엄두가 안 난다며 어물어물합니다.

"내가 먼저 치고 나갈 테니 뒤에 오면서 두엄장으로 옮겨."

잘 간 낫 한 자루를 들고 밭으로 들어가는 유하 아빠는 전장에 나가는 장수 같습니다. 쓱쓱 풀을 베는 소리가 유쾌합니다. 유하 엄마는 레이크를 들고 누운 풀을 긁습니다.

"풀도 다 재산이야."

모은 풀들을 열심히 두엄장으로 옮깁니다. 신나게 풀을 치고 있는데 앞집 아저씨가 걱정 어린 목소리로 혀를 끌끌 차십니다.

"야! 그렇게 해서 언제 풀을 다 치우냐."

땡볕에서 두 시간쯤 열심히 낫질을 했지만 밭의 10분의

1 정도밖에 풀을 치우지 못했습니다.

트랙터를 밭에 올리다

"내가 트랙터 가져올 테니 밀어버리자."

퇴근하던 대추밭 삼촌이 말합니다. 대부분의 농부들은
보통 한 작물을 키워 수확하고 나면 작물 부산물들은 모두
치워버리고 다음 작물을 심기 위해 트랙터로 밭을 갑니다.
트랙터가 지나간 자리에는 언제 무엇이 자랐는지 모르게
풀 하나 남지 않습니다. 그 위에 다시 이랑을 만들고 비닐
을 치고 새 작물을 심습니다.

유하 아빠는 나무만큼 자란 명아주 줄기를 낫으로 베며
웃으며 말합니다.

"기계 안 쓴다니까요."

유하네에는 농기계가 딱 두 개 있습니다. 원주에 왔다 하
니 강릉에 사는 선배 농부가 그냥 갖다 쓰라고 준 오래된 관
리기 하나, 일을 도와주러 와서 하루 종일 낫질을 하던 유하
아빠 후배가 이렇게는 안 된다며 선물로 사준 부탄가스 예
초기 하나. 아! 하나 더 생겼네요. 올해 여성 농민 노동 경

감 지원사업에 당첨돼 받은 60리터짜리 충전 분무기입니다. 도저히 손으로 하기 어려운 작업들을 하는 최소한의 농기계입니다.

유하네 밭을 두고 영산마을 웃담에서 한바탕 토론이 벌어집니다.

"트랙터로 갈아버리면 편하지만 땅이 딱딱해져요. 사람이 밟고만 지나가도 땅이 딱딱해지는데 저 무거운 트랙터가 밭 위에 올라가면 어떻겠어요?"

"그래도 지금은 풀들이 너무 심해. 너 풀 치우다가 배추 못 심고 가을 지난다."

"위에 있는 풀들은 다 치운다고 해도 뿌리들은 어쩔 거야? 저거 다 어찌 뽑아낼 거야?"

"그나마 가벼운 관리기로 치면서 레이크로 긁어내야죠."

"야! 그러다 가을 된다니까!"

사실 유하네는 중간중간 풀을 베어주며 관리를 했어야 하는데 다른 밭에 신경 쓰느라 그동안 배추 심을 밭을 돌보지 못했습니다. 나무처럼 자란 풀을 치우며 시간 내에 다 할 수 있을까, 유하 엄마는 몰래몰래 한숨을 쉬기도 했습니다. 채소들은 시기에 딱 맞춰 심지 않으면 수확량이 현저히 떨어지기 때문에 마음이 급합니다.

"우리 이번 한 번만 트랙터 쓰자. 다른 일도 많은데 시간 내에 배추를 심으려면 써야 할 것 같아."

유하 엄마가 유하 아빠에게 솔직한 마음을 털어놓습니다. 고민하던 유하 아빠가 드디어 결단을 내립니다.

"딱 한 번만 쓰자." 유하 아빠가 웃습니다. "그래, 그래…." 유하 엄마도 웃습니다. 유연한 원칙 적용입니다.

결국 트랙터가 도착하고 한 시간도 못 돼 밭을 정리했습니다. 커다란 트랙터가 몇 번 왔다 갔다 하니 큰 풀들이 끊어져 땅속으로 들어가고 포슬포슬한 밭이 완성됩니다. 퇴비를 뿌리고 몇 번 뒤집어 이랑과 고랑을 칩니다. 배추와 무, 쪽파를 심고 열무며 총각무까지 뿌리고 나니 가을 농사의 시작을 금세 완성합니다. 시기에 딱 맞춰 심으니 그간 안 왔던 비도 내려줍니다. 오랜만에 내린 비에 배추도 뿌리를 잘 내려 잎을 올리고 쪽파도 삐죽삐죽 파란 잎을 올립니다. 이번 가을 농사는 풍년일 듯합니다.

기계를 쓰지 않고 오롯이 두 손으로

유하네가 기계를 최소한으로 사용하는 데는 몇 가지 이

유가 있습니다. 일단 지구를 힘들게 하는 화석연료를 사용하지 않기 위해서입니다. 지구가 뜨거워지는 이유 중 큰 것이 탄소 때문이라지요. 그래서 석탄발전소를 없애고 태양광이며 바람을 이용해 에너지를 만들어야 한다고 합니다. 자연과 더불어 살기로 한 유하네도 되도록 화석연료를 사용하지 않기로 했습니다. 유하네는 트랙터 대신 삽질로 땅을 뒤집고, 낫으로 풀을 맵니다. 물론 삽으로 하기 어려운 밭은 작은 관리기의 힘을 빌리기도 합니다.

또 하나의 이유는 땅의 힘을 살리기 위함입니다. 트랙터로 가는 밭이나 논은 겉에서 보기에는 흙이 부드러워 보이지만 땅속 20~30센티만 들어가도 딱딱한 경반층(耕盤層)이 나타납니다. 경반층은 무거운 농기계 사용으로 만들어진 딱딱한 땅입니다. 땅이 다져져서 식물의 뿌리가 뚫고 들어갈 수 없으니 공기도, 물도 통할 수 없고 퇴비며 농약 찌꺼기들이 쌓여 썩어갑니다. 농부들이 늙어가니 기계를 사용하지 않고서는 농사를 지을 수 없고 썩어가는 땅 위에 다시 퇴비를 뿌리고 딱 필요한 만큼의 땅만 갈아 쓰는 악순환이 계속됩니다. 유하네는 악순환을 깨고 싶습니다.

악순환을 깨자

정부에서는 농촌의 노령화를 극복한다며 각종 첨단 기계들을 선전합니다. 농약 칠 사람이 부족하니 드론을 띄워 농약을 치겠다고 합니다. 첨단 기계들을 사용해야 부자 농부가 될 수 있다고 합니다. 빚을 지어야만 하고 화석연료를 팡팡 쓰며 땅을 죽이는 기계들을 늘리는 것으로 농부들을 살릴 수 없습니다.

"유기농처럼 무기계 채소도 인정해줬으면 좋겠다. 무기계로 채소를 키울수록 비싸게 제값을 쳐주면 기계 사용이 줄지 않을까?"

"진짜 그랬으면 좋겠다. 그럼 우리 배추가 제일 비싸게 팔리겠다. 히히."

호미와 낫을 든 초보 농부의 손에 힘이 들어갑니다.

지구를 살리는 농사

농부가 최고의 환경운동가

여름 그리고 풀

뜨겁습니다. 해가 머리 꼭대기에 앉습니다. 헉헉 소리가 절로 납니다. 여름입니다.

소나기 예보도 있고 하늘에 구름도 많길래 밭에 나와 앉았습니다. 잦은 비에 콩이며, 팥이며 생강이며 풀 속에 잠겼습니다. 비닐도 덮지 않고 제초제도 쓰지 않는 밭이라 풀들이 거침없이 자라납니다. 올해는 반드시 풀을 다 뽑아버리리라 다짐하고 전쟁까지 선포하지만 '내가 졌소!'라는 말이 절로 나옵니다. 봄까지야 망초, 쇠비름, 개비름, 피 등 키

큰 풀들이 자라 그냥 베어 눕히면 되지만 여름이면 등장하는 바랭이에 정신이 없습니다. 마디마디를 땅에 박고 뿌리를 내리며 길게 자라는 바랭이. 바랭이와의 싸움은 '필패'입니다. 이겨보겠다고 뽑으면 내가 심은 작물 뿌리를 다 들고 나옵니다.

유하 엄마의 고백

　짧은 장마에 이은 폭염에 유하네가 심은 작물들은 고개를 숙이지만 바랭이는 작물을 누르고 더욱 힘차게 뿌리를 내립니다. 이길 수 없는 상대입니다. 그래서 올해는 마음을 고쳐먹었습니다.

　"내가 감히 풀을 어찌 이겨." 유하 엄마가 고백을 시작합니다.

　"할머니들처럼 풀 하나 없는 밭을 만들 수 있을 거라 생각했어요. 뽑지 못한 풀이 밭을 덮으면 저 풀을 언제 뽑나 하는 생각에 풀이 무서워지기까지 했지요. 그 틈새를 노려 풀은 더 힘차게 자랐구요. 이제 깨달았습니다. 내가 저 풀 뿌리들을 이길 수 없다는걸요. 생각을 바꿨어요. 뿌리를 들지 말고 잎만 뜯고 베어 눕히자. 풀과 싸우지 말고 진짜 함께 살아보자고 말이에요."

앞집 아저씨께 털어놓습니다.

"생각 잘 고쳐먹었다. 못 이긴다."

아저씨의 말에 유하 아빠가 한마디 덧붙입니다.

"그냥 베어 눕히라니까."

요즘 풀 베는 맛을 알겠다는 유하 아빠는 매일 예초기를 메고 대추밭으로 갑니다.

유하네가 풀과 싸우며 비닐과 제초제를 사용하지 않는 이유는 비닐과 제초제 등을 만드는 과정부터 쓰고 버리는 순간까지 얼마나 자연을 힘들게 하는지 알기 때문입니다. 유하네는 농사가 최고의 환경운동이라 생각합니다.

지구가 끙끙 앓는다

요즘 이상기후가 이슈입니다. 지구가 죽어간다고 난리입니다. 미국과 캐나다에서는 달걀까지 익어버리는 폭염에 몸살이고, 유럽에서는 갑자기 내린 폭우에 사람이 죽었답니다. 눈이 내리지 않는 사막에 눈이 내리고 추워야 할 나라는 춥지 않다고 합니다. 시골에 살다 보니 지구의 끙끙거리림을 더욱 가까이서 느낄 수 있습니다.

유하네가 원주로 내려와 농사를 시작한 2018년은 가뭄과 폭염이 왔습니다. 가래침만 뱉어도 산다는 들깨도 타 죽을 정도의 가뭄이었습니다. 땅이 거북이 등껍질처럼 갈라지는 모습을 처음 봤습니다. 다음 해인 2019년 겨울에는 눈이 오지 않았습니다. 너무 따뜻해서 겨울이 어떻게 지나갔는지 기억나지 않을 정도죠. 겨울 한파에 죽어야 할 벌레가 죽지 않아 블루베리잎을 매미나방 애벌레가 다 갉아 먹었습니다. 유하, 세하와 나무젓가락을 들고 벌레를 잡았던 기억이 나네요. 2020년에는 기록에 남을 두 달간의 장마와 이어진 무시무시한 태풍이 있었습니다. 너무 많이 내린 비에 땅이 물러 고추가 다 넘어가고 이어진 태풍으로 키 큰 해바라기가 다 부러졌습니다. 꿀벌이 날 틈도 없이 비가 내려 다 굶어 죽었다는 소식도 기억납니다.

올해는 짧아도 너무 짧은 장마에 언제 내릴지 모를 폭우가 왔습니다. 봄과 초여름까지는 시도 때도 없이 내리는 폭우에 흙이 다 쓸려 내려가고 심어놓은 들깨는 누워서 자랍니다. 짧은 장마와 폭염에 유하 아빠는 해가 넘어갈 즈음이면 호스를 들고 들깨에 물을 줍니다. 주변 분들이, 이제 하늘에 기대어 농사를 짓기 어려운 거 아니냐, 비닐하우스라도 하나 지어야 하는 거 아니냐, 걱정하십니다. 요즘은 대추나무도 비닐하우스 안에서 키우니 맞는 말이기도 합니다. 그래도 마지막 노지 농사를 짓는 농부가 되겠다는 마음으로 유하네는 꿋꿋이 하늘 농사를 짓습니다. 인간이 추구하는 편리함과 효율성이 지구를 끙끙 앓게 만들었다는 걸 알기 때문입니다.

탄소를 내뿜는 농사

텔레비전에서 어떤 청년 농부가 억대 부자가 된 이야기가 나옵니다. 비닐하우스에 토마토를 가득 키우는 농부였습니다. 비닐하우스 안에는 풀 하나 찾아보기 힘듭니다. 길에는 콘크리트를 깔고 물에 토마토를 꽂아 키웁니다. 빨갛고 커다란 토마토가 주렁주렁 달려 좋다고 했지만 유하네는 흙 한 줌, 풀 한 포기 찾아볼 수 없는 비닐하우스가 무섭게 느껴지기까지 합니다.

탄소 배출의 주범이 공장식 축산이라며 채식이 답이라고 하는 사람들이 있습니다. 그러나 마트에 진열되어 있는 대부분의 채소들이 비닐하우스 안에서 탄소를 팍팍 배출하며 자란 것이라는 얘기는 없습니다. 사계절 내내 신선한 채소를 키워내기 위해 탄소 덩어리 비닐을 수없이 써야 하고, 온도를 유지하기 위해 화석연료를 써야 한다는 것. 빨리 자라게 하기 위해 뿌리를 화학비료 푼 물에 담가 키운다는 것. 공장식 축산 못지않게 채소도 공장식으로 생산하고 있다는 것을 기억해야 합니다. 정부에서 내놓는 농업정책이라는 것이 채소공장을 늘리는 것밖에 없는 현실을 기억해야 합니다. 이런 농업은 지속가능하지도 않을뿐더러 인간의 먹거리 때문에 지구를 죽이는 겁니다.

오늘도 기후위기 뉴스가 나옵니다. 줄기로 유명한 시베리아에 폭염이 오고 건조해서 산불이 났다는 소식입니다. 150년 중 가장 건조하고 더운 여름을 맞았고 얼음이 녹으니 수증기가 많아지고 마른벼락이 떨어진답니다. 결국 서울의 10배가 넘는 산림이 탔다는 소식입니다.

단단하고 매운 양파

올해 유하네는 처음으로 양파를 수확했습니다. 비닐 대

신 지푸라기를 깔아 겨울을 보내고 팍팍 올라오는 풀을 낫으로 베어주며 하늘에 기대 키운 양파입니다.

"이런 양파 오랜만에 만나요."

쌍둥이를 키우고 있는 유하의 숙모가 칭찬합니다. 오랜만에 양파를 썰며 눈물을 흘렸다고 합니다. 단단하고 매운 양파를 살짝 구우니 단맛이 확 돌아 이제 막 돌이 지난 쌍둥이들도 잘 먹는다는 기쁜 소식입니다. 이 맛에 농사를 짓습니다. 이 맛에 하늘에 기대 농사를 짓습니다. 이 맛에 지구와 어울리며 영원히 가능할 농사를 꿈꿉니다. 이 맛에 오늘도 뜨거운 태양에 짜증을 살짝 내며 밭에 앉아 풀을 베어 눕힙니다.

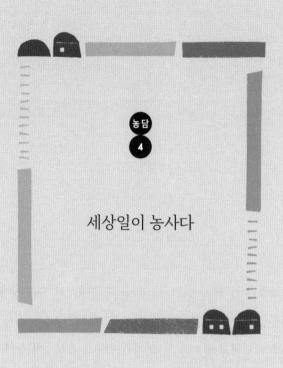

농담
4

세상일이 농사다

김장이 사라진다

'함께한다'가 사라진다

온 마을 잔치 '김장'

배추가 참 잘 자랐습니다. 싹을 다 녹여버릴 만큼 어마어마했던 장마를 뚫고, 한 방울의 비도 내리지 않았던 가을 가뭄도 이겨내고 배추가 참 잘 자랐습니다. 유하 눈곱보다 작았던 씨앗 하나가 온 식구들이 나눠 먹고도 남을 만큼의 배추로, 어른 다리만큼 굵은 무로 자랐습니다. 하루하루 자라는 배추와 무를 보면서 우리 식구들과 나눠 먹을 생각에, 유하, 세하가 일 년 동안 맛나게 먹을 김치 생각에 즐거웠습니다. 다른 지역보다 일찍 겨울이 찾아오기에 김장을 서둘렀습니다.

유하네가 늦봄에 캐서 말려놓은 마늘에, 가을쯤 잎이 노래질 때까지 알을 채운 생강, 여름내 따서 말리고 빻아놓은 고춧가루로 양념을 만들고 밭을 가득 채운 배추, 무, 갓, 쪽파를 뽑아 김장을 준비했습니다. 김장에 들어가는 모든 재료를 드디어 유하네 스스로 만들어냈습니다. 소금에 절이기 위해 반으로 갈라놓은 배추는 어느 꽃보다 예뻤습니다. 유하 아빠가 채칼로 쓱쓱 썰어놓은 무채에 갖은 채소와 양념을 넣어 비비니 맛깔스러운 김칫소가 만들어졌습니다.

얼른 고기를 삶아 유하, 세하와 둘러앉았습니다.

"옆집에도 조금 갖다드릴까?"

접시에 수육과 김칫소를 조금 담아 옆집에도 나눠드립니다. 접시를 받아든 옆집 아저씨는 반갑게 웃습니다.

"안줏거리 생겼네."

노란 배춧잎에 고기와 김칫소를 얹어 한입 크게 베어 물며 유하가 말합니다.

"맨날 김장했으면 좋겠다, 히히."

"그러게, 수육 먹으려고 김장하지."

유하의 웃음에 유하 아빠도 농담을 던집니다. 다음 날에는 우리 동네 협업농장에서 김장을 했습니다. 점심을 먹으러 오라는 소리에 오늘 또 수육 먹네, 마을 길을 걸어가는 유하의 발걸음이 유난히 가볍습니다. 또 다음 날에는 옆집 아저씨네가 김장을 하십니다. 유하네가 배추랑 무를 나눠드렸습니다. 집으로 고기 먹으러 오라는 아저씨의 부름에, "삼 일 동안 수육을 먹네" 유하가 웃으며 옆집으로 향합니다. 김장을 하는 내내 마을에서는 잔치가 열린 듯합니다. 유하, 세하는 "같이 먹으니까 더 재밌네" 합니다. 나눔의 즐거움을 절로 배웁니다.

한 세대만 지나면 사라진다

며칠 후 원주 남쪽에서 작은 민박집을 운영하는 선배한테 연락이 왔습니다.

"서울에서 친구가 김장을 한번 하고 싶다는데 우리가 잘 모르잖아. 와서 재능기부 좀 하시오."

비싸진 채솟값에 김장을 포기하는 '김포족'이 많이 생긴다고 하는데 원주까지 와서 김치를 배우겠다니 장인은 아니지만 그래도 아는 만큼 가르쳐드려야겠다고 생각했습니다.

"맛있는 거 많이 넣으면 맛있어요."

선배 친구에게 시어머니에게서 물려받은 비법을 알려줍니다.

"배추에 김칫소를 넣은 다음 배추 겉잎으로 끝을 잘 싸주면 김칫소가 튀어나오지 않고 좋아요. 그리고 김치 통에 넣을 때는 배추 단면이 위로 오게 넣어야 해요. 그래야 김칫소도 잘 유지되고 국물도 배추가 머금을 수 있구요."

다 아는 얘기지만 차근차근 설명합니다.

"이거 다 영상으로 찍어놔야 해. 요즘 누가 김치를 만들어 먹어. 공장에서 만들어 나온 김치들이 차고 넘치는데 말이야. 김장문화도 다 없어질 거야."

옆에서 함께하던 친구 남편이 말합니다. 생각해보니 주변 친구들도 김치를 직접 담가 먹지 않습니다. 식구 수도 적어지고 다들 일하며 먹고살기 바쁘니 그냥 마트에서 조금씩 사서 먹습니다. 공장에서 일 년 내내 신선한 김치를 만들어 마트에 진열해놓으니 필요할 때마다 사서 먹으면 그만입니다. 모두 아파트에 사니 배추를 절일 곳도 마땅치 않고 식구들이 모두 둘러앉아 김칫소를 넣기도 힘듭니다. 이러니 김치 만드는 방법을 아는 사람도 많지 않습니다. 우리 윗세대가 사라지면 김치를 만드는 법도, 늦가을이면 당연히 해야 하는 김장문화도 사라질 것 같습니다.

요즘 누가 된장을 만들어 먹어?

사라지는 것은 이것뿐 아닙니다. 누구나 만들어 먹었던 전통장도 이제 집에서 만들지 않습니다. 항아리를 둘 곳도 메주를 띄울 곳도 없으니 된장, 간장, 고추장은 마트에서 사 먹는 게 당연하게 됐죠. 유하네는 각종 장류도 직접 만들어 먹습니다.

"된장도 만들어?"

유하네를 찾아왔던 친구가 신기하다는 표정을 지으며 유하네 장독대 구경을 합니다.

"이건 된장, 이건 간장, 이건 고추장이야."

"간장은 또 어떻게 만드는 거래?" 친구는 신기하다는 듯 장독대 한 번 유하 엄마 얼굴 한 번 쳐다봅니다.

고라니 때문에 직접 콩농사를 짓지 못하지만 주변 마을 에서 선배 농부님들이 정성껏 키운 콩을 구해 장을 만듭니 다. 초겨울이 되면 커다란 솥단지에 콩을 가득 넣고 장작불 로 6시간 이상 뭉근히 끓여냅니다. 손가락만 대도 뭉그러지 는 콩을 절구에 찧어 메주 틀에 넣고 꼭꼭 누르면 네모나고 이쁜 메주가 완성됩니다. 못난 것을 누가 메주 같다고 했나요.

메주를 만들 때면 고소한 냄새에 유하, 세하는 연신 콩을 주워 먹습니다. 밥에 들어간 콩이 싫다고 빼내는 유하도 이 날만큼은 "콩이 세상에서 제일 맛있네" 합니다. 지푸라기를 깔고 네모난 메주를 올려 적당한 온도에서 이리저리 뒤집어주며 띄우면 하얀곰팡이, 노란곰팡이가 가득 핀 메주가 완성됩니다. 정월에 잘 띄운 메주를 항아리에 넣고 소금물을 부어놓으면 이쁜 장꽃이 핍니다. 60일 정도 지난 후 메주를 건저 잘 삶은 보리와 섞어 뭉개놓으면 된장 완성! 소금물은 어느새 까만 간장으로 변신합니다.

청국장도 만듭니다. 잘 삶은 콩에 지푸라기를 뭉쳐 군데군데 꽂고 따듯하게 이불을 덮어 48시간만 지나면 콩들 사이로 거미줄 같은 실이 만들어집니다. 이 콩을 절구에 넣고 고춧가루 조금, 소금 조금 넣고 빻으면 맛난 청국장이 만들어집니다. 김치를 조금 넣고 끓이면 콤콤한 냄새가 일품인 청국장찌개가 되지요. 이렇게 만든 청국장 덩어리들을 들고 유하, 세하는 온 마을을 돕니다. 앞집 할머니도 한 덩이, 옆집 아저씨네도 한 덩이, 건넛집 대모 할머니께도 한 덩이 드리고 옵니다. 돌아올 때면 유하, 세하 손에는 과자며, 귤이며 먹을 것이 잔뜩 들려 있습니다.

"엄마 먹을 게 더 많이 생겼어." 유하가 웃습니다.

나눔도, 함께한다는 것도 사라진다

김장을 한다는 것은, 장을 만든다는 것은 단순히 먹거리를 만드는 것이 아닙니다. 나눔의 행복, 함께 살고 있다는 연대감과 소속감, 내가 먹을 것은 내가 직접 만든다는 성취감, 자존감 등을 이어가는 것이라 생각합니다. 김장이 사라지는 것은 삶에서 중요한 것들이 사라지는 것은 아닐까요.

유하네는 이런 따뜻한 마음들을 지키기 위해, 유하, 세하가 앞으로 살아갈 세상에서도 이어지길 바라며 오늘도 시골에 삽니다. 유하네 보글보글 청국장이 궁금하시면 유하네로 놀러 오세요.

쉬어야 겨울이다

농부도, 노동자도 쉴 수 없는 한국

달팽이도 쉬어가는 겨울

"엄마 달팽이는 어디로 갔어? 달팽이는 비를 좋아하는데 눈도 좋아해?"

유치원 버스에서 내린 세하가 집으로 돌아오면서 묻습니다. 달팽이는 어디로 갔다고 해야 할까 한참을 고민하다 대답합니다.

"추운 겨울이니까 어디서 쉬고 있겠지. 따뜻한 봄을 기다리면서 말이야."

"그럼 달팽이는 죽은 거야? 나 어제 달팽이 집 봤는데 달팽이가 없더라고."

세하가 어려운 질문들을 쏟아냅니다.

"어디 따듯한 곳에 모여 자고 있을 거야."

"아! 겨울잠 자는구나. 유치원 선생님이 그러는데 곰은 겨울잠을 잔대. 달팽이도 겨울잠을 자는구나."

유하네도 겨울이면 잠이 길어집니다. 일찍 들어와 쉬라고 해도 빨리 잡니다. 해의 길이에 따라 노동시간이 정해집니다. 가로등 하나 없는 유하네 밭에서 해가 없으면 일을 할 수 없습니다. 해가 길어지면 자연스레 밭에 있는 시간이 길어지고 해가 짧아지면 일찍 집으로 들어옵니다. 자연과 더불어 사는 자연스러운 삶입니다. 추워진 날씨에 식물들도 씨앗을 남기고 휴식에 들어갑니다. 씨앗 속에서 추운 겨울을 쉬며 힘을 모은 식물들은 따듯한 봄에 새싹으로 살아납니다.

나무도, 땅도 쉰다

겨울에는 땅도 쉬어갑니다. 날씨가 추워지면 땅도 서서히 얼어갑니다. 본격적인 겨울이 시작되면 호미 끝 하나 들어갈 수 없이 딱딱해지죠. 마치 일 년 내 고생한 땅이 '이제 그만!'을 외치는 것 같습니다. 땅은 겨울 내내 얼고 녹고를 반복하며 부드러워집니다. 쉼을 가지며 봄을 준비합니다. 얼었다 녹았다를 반복하며 흙은 더 부드러워지고 갈라진 흙 사이로 새로운 힘이 모입니다.

얼마 전 유하 세하와 코로나로 답답한 마음을 달래려 집에서 가까운 섬강 변을 산책했습니다. '고니골'이라는 이름에 걸맞게 큰 백조들이 앉아 있는 멋진 강입니다.

"우와 백조다!"

아이들이 소리치니 유하 엄마도 덩달아 신이 납니다.

"동물원에서만 보던 백조를 눈앞에서 볼 수 있는 우리 동네 진짜 멋지다."

"나 어제도 학교 버스 타고 가다가 봤는데."

세하가 으스댑니다. 강 주변 나무들을 보던 유하 아빠도 한마디 거듭니다.

"겨울나무도 멋지다. 나뭇잎이 다 떨어진 겨울나무를 보면 편안히 쉬고 있는 것 같아."

"가지만 있는 게 하나도 안 멋져. 빨갛게 노랗게 단풍도 들고 해야 예쁘지." 유하는 생각이 다른가봅니다.

"겨울에 쉬어야 봄에 새잎을 만들지. 새잎이 나와야 단풍도 드는 거고. 지금 나무들은 내년을 위해 쉬고 있는 거야. 아빠도 겨울에는 푹 쉬어야겠다."

"아빠는 맨날 쉬는 거 아니었어?"

유하가 웃습니다.

비닐이 만들어낸 사시사철 푸른 채소

비닐하우스 농사가 많아진 요즘은 땅도, 씨앗도, 농민도 겨울이라고 쉴 수가 없습니다. 사시사철 푸른 채소를 만들어내기 위한 비닐하우스에는 휴식이 없습니다. 한 식물을 키워내고 힘을 잃은 땅에는 비료와 퇴비가 뿌려집니다. 땅이 스스로 힘을 회복해 식물을 키워내는 것이 아니라 퇴비와 각종 화학비료의 힘으로 식물이 키워집니다. 까맣게 퇴비가 뿌려지고 커다란 트랙터가 지나다니며 딱 식물이 클 만큼의 깊이만큼만 땅을 부드럽게 만듭니다. 이렇게 만들어진 땅에 씨앗을 뿌립니다. 석유를 태우며 강제로 난방을 하고 불을 환하게 켭니다. 식물이 지금이 겨울인지 여름인지 알 수 없게 만들어 사시사철 자라게 만듭니다. 워낙 수입이 적고 불규칙한 농민들의 어쩔 수 없는 선택입니다. 아니 이제는 당연해진 선택입니다.

이렇게 비닐하우스에서 키운 채소들 덕에 제철 채소라는 말은 의미가 없어졌습니다. 겨울 내내 땅바닥에 딱 붙어 파란 잎을 지키고 6월이 되어야 빨간 열매를 맺는 딸기는 이제 겨울이 제철이라 합니다. 땅이 아닌 하우스 안 물속에 뿌리를 내리고 이 물을 통해 쉽게 영양소를 빨아들입니다. 대부분의 딸기 농가들이 수경재배를 하죠. 한겨울에도 6월의 온도를 맞추기 위해 난방을 합니다. 빨갛고 커다란 딸기가 먹음직스럽지만 자연스럽지 못합니다. 마트에 진열된 딸기를 보며 세하는 "엄마가 딸기는 여름에 먹는 거라고 했는데 왜 딸기가 있어?" 하며 고개를 갸우뚱합니다.

농한기가 사라진 농촌

봄부터 가을까지 새벽부터 해가 질 때까지 몸을 움직여 노동하는 농민들에게 농한기는 다음 일 년을 위한 쉼이었습니다. 사계절이 있는 한국 같은 나라에서나 가능한 농한기. 이웃집과 함께 따뜻한 아랫목에서 일 년 내내 고생한 허리를 지지며 고구마며 가래떡을 구워 나눠 먹는 농한기.

서로의 안부를 확인하며 한 해를 정리하고 다음 해를 그려보는 농한기가 사라졌습니다. 비닐하우스에서 부추를 키우는 동네 선배 농부님은 오늘도 하우스 안 새파란 부추에 물을 주고 계시겠죠.

겨울이면 해콩으로 메주며, 청국장을 만들어 파는 유하네에게도 농한기는 그리 길지 않습니다. 2월이면 대추나무 가지치기도 해야 하고 밭 주변 정리도 해야 하니 1월 정도가 농한기입니다.

"겨울에 쉴 수 있다는 게 농민의 최고 장점 중 하나인 것 같아."

텔레비전에 나오는 2모작, 3모작을 하며 쉼 없이 일하는 베트남 농민들을 보며 유하 엄마가 말합니다. 유하네는 이번 농한기에 커다란 종이를 펴놓고 밭 그림을 그릴 계획입니다. 제철에 맞게, 식물이 자라는 시기에 맞게 어떤 작물을 키울지 1년의 그림을 그려보려고 합니다.

노동자도, 농민도 쉴 수 없는 한국

도시 노동자들도 쉴 수가 없습니다. 사시사철 돌아가는

공장에, 낮인지 밤인지 구별할 수 없는 도시의 불빛에 농민에게도, 노동자에게도 쉼이 사라졌습니다. 새벽에 배송한다는 채소를 키우기 위해 농민이 쉬지 못하고, 이 채소를 배송하기 위해 택배노동자들은 밤낮이 바뀐 삶을 삽니다. 하루를 쉬면 하루만큼의 일당이 사라지는, 하루를 쉬면 하루만큼의 삶이 팍팍해지는 천박한 자본주의 세상 한국에서 쉼은 사치입니다.

그래도 이번 겨울은 모두에게 쉼이었으면 합니다. 코로나가 준 강제적 쉼일지라도, 매일이 불안한 쉼일지라도 쉬어갔으면 좋겠습니다. 정년퇴직을 앞두고 암에 시달리며 복직을 요구하고 있는 김진숙 씨에게도, 더 이상 죽어갈 수 없다며 중대재해기업처벌법을 요구하며 국회 차가운 바닥에서 단식을 하고 있는 산업재해사망 유가족들에게도, 한반도의 평화를 위해 사드 기지를 온몸으로 막고 있는 성주 소성리 주민들에게도, 어디선가 힘들고 답답한 현실과 싸우고 있는 모든 사람들에게 따뜻하고 편안한 쉼이 찾아오길 기도합니다. 새싹을 만들어낼 힘을 만들 쉼이 우리 모두에게 찾아오길 기도합니다.

부자유전(富者有田) 말고
경자유전(耕者有田)

농지는 투기의 대상이 아니다

가을 풍경

툭툭. 앞집 할머니 집 앞 밤나무에서 알밤이 떨어집니다. 가을입니다.

집 앞 논은 누레지고, 대추나무 사이에 심어놓은 들깨 송이에서 하얀 꽃이 떨어집니다. 콩꼬투리가 단단해지고, 하트 모양 고구마잎도 풍성해집니다. 초록색 대추 열매도 그 크기를 키우더니 붉은빛을 띠기 시작합니다. 늦여름, 때에 맞춰 심어놓은 배추가 자라고, 무도 싹을 올리고 잎을 키워갑니다. 초여름 갈무리해둔 쪽파 종구를 다시 땅에 넣으니 파란 잎이 삐죽삐죽 올라오고, 고추도 막바지 빨간 살이 익어가네요.

유하는 풀 속에서 커다란 방아깨비를 잡아 듭니다. 쿵더쿵쿵더쿵 찧는 방아깨비의 방아에 유하, 세하의 웃음소리가 마당 가득입니다. 하늘은 파랗고 높습니다. 구름 한 점 없는 하늘에 밤이면 달이 둥실 떠오릅니다. 추석 무렵이 되니 달이 점점 동그랗게 차오릅니다. 가을밤에 별만큼 반짝이는 것이 하늘을 납니다. "반딧불이다." 창문 앞으로 모여든 유하, 세하의 눈빛도 반짝입니다.

벌초 답

올해는 추석도 빨라 가을도 빨리 왔습니다. 추석이 가까워져오니 이곳저곳에서 풀 베는 소리가 들립니다. 마을 곳곳에 있는 무덤에 난 풀을 베는 것입니다. 유하 아빠도 예초기를 둘러메고 나섭니다. 벌초를 해야 할 묘가 7개나 됩니다. 유하네는 이제 막 자리를 잡은 동네에 조상 묘가 있을 리 만무합니다. 유하 아빠가 하는 벌초는 집 앞에 있는 밭을 빌리는 값입니다.

마을에 살던 분들이 돌아가시고 마을에 묻히셨습니다. 다들 그렇듯 후손들은 마을에 살지 않습니다. 먼 도시로 이사 간 후손들이 무덤을 관리하기 어려우니 마을에 사는 사람에게 밭을 빌려주고 조상 묘의 벌초를 맡깁니다. 이런 밭을 '벌초 답'이라고 합니다. 유하네가 동네로 이사 오고 농사지을 밭을 찾는다는 소식에 마을 분들이 소개해주신 밭이 벌초 답입니다. 명절 무렵이 되면 유하 아빠가 예초기를 지고 나서는 이유입니다.

원칙은 경자유전(耕者有田)

유하네 마을에 있는 농지의 대부분은 외지인, 도시에 사는 사람들의 것입니다. 농사를 지으며 살던 어르신들이 돌아가시고 농지는 자식들에게 상속됐습니다. 자식들이 시골에 살지 않고, 농사도 짓지 않으니 상속을 받은 자식들은 땅을 또 다른 외지인에게 팔거나 투자를 목적으로 움켜쥐고 있습니다. 농지는 농사를 짓는 사람만 소유해야 하지만 상속의 경우는 예외입니다. 헌법 121조에 경자유전의 원칙, 헌법에서 농지는 농사를 짓는 사람들이 소유한다는 원칙을 명시하고 있지만 여러 가지 예외 조항으로 무너집니다. 어느 통계에 따르면 15년 뒤에는 농지의 84%를 농민이 아닌 사람이 소유하게 될 것이라고 합니다.

농지를 외지인들이 투자 목적으로 가지니 땅값은 천정부지로 올라갑니다. 농사의 기본은 땅인데 농부가 땅 한 평 갖기가 참 어렵습니다. 농사를 짓고자 하는 사람은 땅을 갖기 위해 농협에서 대출을 받아 빚더미에 앉거나 외지인에게 월세나 연세를 주고 땅을 빌려 쓰는 소작농이 됩니다.

불안한 소작농

땅을 살리는 농사를 지으려 하는 유하네는 불안합니다. 빌린 땅은 비가 많이 오면 진창이 되고 비가 안 오면 딱딱하게 굳어버립니다. 농사를 짓기 어려운 진흙밭입니다. 유하네는 이런 땅을 작물이 쑥쑥 자라나는 힘 있는 땅으로 만들기 위해 4년을 노력했습니다. 풀을 키워 베어 눕히고 옆 동네 도정공장에서 왕겨를 사다가 썩혀 땅에 뿌려줍니다. 4년을 했더니 이제 땅이 조금 포슬포슬해졌습니다. 땅이 좋아질수록 걱정이 쌓입니다. 도시에 사는 땅 주인이 초보 농부 유하네의 노력을 알까요.

"땅이 이렇게 좋아졌는데 땅 주인이 다른 사람에게 팔아 버리면 어쩌지?"

"대출을 받아서라도 우리가 사야지!"

배추를 심던 유하 엄마의 말에 유하 아빠가 의지를 담아 답합니다. 아직 갚아야 할 빚도 있는데 걱정입니다.

"트럭 또 올라간다."

트럭 한 대가 흙먼지를 날리며 유하네 대추밭 뒤로 올라갑니다. 대전에 산다는 땅 주인이 돈을 꽤 준다는 나무장수에게 몇 년간 땅을 빌려줬다고 합니다. 떠돌이 나무장수는 2000평이 넘는 땅에 도시의 가로수로 인기 있는 벚나무를 잔뜩 심었습니다. 그러고는 풀을 죽인다며 일 년에 몇 차례씩 제초제를 뿌립니다. 몇 년 나무를 키워 떠가면 그만인 장사꾼입니다. 이때마다 유하 아빠는 득달같이 달려갑니다.

"여기다 약을 치시면 어떡해요. 우리 밭에 약이 넘어오지 않도록 하셔야죠."

목소리가 높아집니다. 몇 년간 유기농 인증을 받기 위해 인증 비용까지 써가며 지켜온 대추밭으로 한순간에 농약이 넘어옵니다.

투기 놀이터가 된 농지

대통령선거가 가까워져오니 유력 정치인들의 농지 소유가 이슈입니다. 어떤 정치인의 아버지는 세종시에 논을 샀다고 하고 또 다른 정치인은 제주도에 밭을 샀다고 합니다. 농사를 지어야 할 땅이 돈 많은 사람들의 투기 놀이터가 되고 있습니다. 유하네 대추밭 뒤에 있는 산도 외지에 사는 산 주인이 공인중개소에 내놓았습니다. 심심치 않게 또 다른 외지인들이 산을 사겠다며 찾아옵니다. 산을 사러 오는 사람들은 하나같이 투자가치가 있는지 묻습니다. 도시 생활에 지쳤다며 멋들어지게 별장을 지을 수 있는지 살펴봅니다. 다행인지 모르겠지만 뒷산은 탄약고가 있는 군사 보호 지역이라 잘 팔리지 않습니다.

한국토지주택공사(LH) 직원들의 집단 투기 사건 정도가 나야 정부는 부랴부랴 대책을 세우느니 어쩌느니 합니다. 부동산 투기 전수조사를 한다며 요란을 떨지만 결국 피해는 또 농민들, 원주민들에게 돌아옵니다. 현장 조사를 한다며 마을에 등장한 공무원들은 투기꾼들을 골라내기는커녕 이것도 불법이네 저것도 불법이네 마을 주민들의 심장을 콩닥콩닥 뛰게 만듭니다. 그런데 정작 외지인들이 산 땅에 있는 불법 농막은 잘 모르겠다며 넘어갑니다. 그저 조사 실적만 쌓으면 그만인 공무원들의 입장에서 농민들이나 지역 주민들의 편의 같은 것은 안중에 없습니다.

유하 아빠가 "저 산도 우리가 사서 표고버섯이며 산나물을 키우면 참 좋을 텐데" 합니다. "꿈은 크게 가지랬으니 꿈꾸는 것만으로도 좋네." 유하 엄마가 웃습니다.

농지는 진짜 농사를 지을 사람이 가지면 얼마나 좋을까요. 농민들도 땅을 지키고 지구를 살리는 지킴이가 된다면 얼마나 좋을까요. 농지는 돈 놓고 돈 먹는 투기장이 아니라 생명을 이어가는 식량 창고라는 것을 잊지 말아야 합니다.

마을 주민들이 모이다

땅도, 유하네도, 영산마을도 위로받길

땅도 유하네도 위로를 받는 농한기

불쑥 올라오고 쩍쩍 갈라진 땅에 하얀 눈이 옵니다. 한 해 동안 자신의 모든 것을 내어주고 얼어붙어 상처를 가득 품은 땅을 하얀 눈이 위로하는 듯합니다. 하얀 눈의 위로 속에 추운 겨울을 보낸 땅은 더욱 포슬포슬해져 한 해 동안 새로운 식물을 키울 힘을 품습니다. 겨울은 농부들에게 위로가 되는 계절입니다. 농부들도 하얀 눈의 위로를 받으며 충분한 휴식을 취하며 봄을 기다립니다. 유하네도 새봄을 기다리며 농한기를 보냅니다.

보물과 선물이 오는 겨울

유하네는 농한기 내내 콩을 삶습니다. 메주와 청국장을 띄우기 위해서입니다. 노랗고 동글동글한 백태를 잘 씻어 큰솥에 넣고 마른나무들을 주워 와 불을 피워 다섯 시간을 끓입니다. 강한 불꽃에 콩물이 넘칠까, 물이 부족해 콩이 솥에 눌어붙을까 노심초사 불 앞을 떠날 수가 없습니다. 유하 아빠는 꼬박 5시간을 '불멍'을 때리며 솥 앞에 앉아 있습니다. 콩이 진한 노란색으로 변하고 손끝에 놓고 누르면 뭉그러질 정도로 삶아지면 큰 대야에 옮겨 으깹니다. 쿵더쿵쿵더쿵 방아를 찧어 네모난 틀에 넣고 누르면 메주가 완성됩니다. 못난 것을 보고 메주처럼 생겼다고 했나, 메주를 만들어본 사람이면 누구나 그렇겠지만 노랗고 반듯한 메주는 어느 것보다 이쁩니다. 정월까지 따뜻한 방에서 이리저리 뒤집으며 잘 띄우면 된장과 간장을 만들 수 있으니 보물입니다.

또 5시간 동안 삶은 콩을 작은 대야에 옮겨 지푸라기 뭉치를 군데군데 꽂아 방 한편 따뜻한 곳에 놓고 이불을 덮어둡니다. 유하네가 사는 작은 집 가득 쿰쿰한 냄새가 나면 하얀 실이 가득한 청국장이 만들어집니다. 쿰쿰한 냄새가 싫을 만도 한데 세하는 "겨울에 제일 맛있는 건 청국장"이라며 즐거워합니다. 천일염과 고춧가루를 넣고 빻아 만들어놓은 청국장 한 덩이에 김치랑 고기를 조금 넣고 바글바글 끓이면 유하, 세하는 밥 한 그릇 뚝딱입니다. 겨울이 주는 선물 같은 청국장입니다.

싸움이다

고요하고 편안한 농한기에 유하네를 괴롭히는 것들이 등장했습니다.

지난해 11월 마을 입구 논들 한가운데 커다란 레미콘이 들어와 콘크리트를 붓기 시작했습니다. 이 모습을 본 마을 어르신들이 모두 모였습니다.

"이곳에 축사가 웬 말이냐."

"논 한가운데 축사가 들어오면 우리는 농사를 어찌 짓냐."

온몸으로 막은 끝에 레미콘은 콘크리트를 붓다 말고 쫓겨났습니다.

유하네가 살고 있는 영산마을은 선배 농부들이 오래전부터 친환경 농사를 지어왔습니다. 우렁이를 풀어 벼농사를 짓고 제초제를 뿌리는 대신 손으로 풀을 뽑으며 밭농사를 짓습니다. 선배 농부들과 지구를 지키는 농사를 짓고 싶었던 유하네가 이 마을에 살기 시작한 이유죠. 그런 곳에 대형 축사라니 마을 주민들은 화가 났습니다. 보통 작은 마을에 대형 축사가 들어오면 벌레를 쫓기 위해 약을 치는데, 약을 치다 보면 친환경 농사는 물론이고 관행농사도 어려워집니다. 결국 농부들은 축사를 짓겠다는 사람에게 땅을 팔고 그 작은 마을 전체는 대형 축사로 가득 차는 게 보통입니다. 우리 마을을 이대로 사라지게 할 수 없다며 마을 주민들이 함께 들고 일어섰습니다.

영산마을 이야기

우리 마을, 영산마을은 참 이야기가 많습니다. 신령한 산이라는 영산(靈山) 밑에 있는 마을입니다. 호랑이처럼 생긴 바위가 있다는 호암산으로 둘러싸인 분지에 자리 잡은 마을이지요. 기해박해(1839년), 병오박해(1846년)를 피해 천주

교 신자들이 모여 산 곳이기도 합니다. 지금도 마을 중심에는 커다란 느티나무 밑에 작은 성당이 자리 잡고 있습니다. 1998년 세워진 영산성당은 마을 강당으로 사용되기도 하죠.

같은 신앙을 가진 사람들이 마을을 만든 역사가 있어서 그런지 우리 마을 사람들은 참 잘 모입니다. 마을에 큰일이 벌어지면 이걸 핑계로 더 자주 모입니다. 앞집 할머니는 여름에 거둬 얼려놓은 옥수수를 구워 먹자고 사람들을 모으고, 옆집 아저씨는 시골 어르신들의 '최애' 프로그램인 〈6시 내 고향〉에서 본 물메기를 사 와 국을 끓였다며 모이라고 전화가 옵니다. 건넛집 할머니는 가래떡을 뽑았다고, 버스 정류장 앞 할머니는 도토리묵을 쒔다고 모이라고 합니다.

축사 문제가 터지자 마을 사람들이 더 자주 모입니다. 모일 때마다 불만의 목소리가 큽니다.

"우리가 집 하나 마음대로 고치지 못하고, 비행기 소리까지 참아가며 살고 있는데 아주 이제 마을을 통째로 없애겠다니 어쩌면 좋냐."

앞집 할머니가 한숨을 푹 내쉽니다. 우리 마을은 호암산 건너편에 있는 공군부대 탄약고 때문에 군사 보호 지역으로 지정되어 새집도 못 짓고, 비행쇼단 블랙이글스가 저공

비행을 해 엄청난 소음공해에 시달리고 있기도 합니다.

"우리는 늙어서 아무것도 못 해. 젊은 너희가 좀 도와줘."

어르신들이 유하네에게 부탁하십니다. 40대 중반이 된 유하 엄마와 유하 아빠가 이 마을 막내입니다. 축사를 짓기로 한 땅으로 가는 길목에 집회신고를 내느라 원주경찰서를 왔다 갔다 하고, 국민신문고에 매일매일 민원을 올리고, 공군부대에 전화를 걸고… 평화로워야 할 농한기에 유하 아빠와 유하 엄마는 싸움꾼이 됐습니다.

위로가 되길

면사무소도, 원주시청도, 공군부대도 모두 법에 따라 진행한 것이라 자신들은 책임이 없다고 합니다. 대형 축사를 짓는다는 옆 마을 건축주가 마을 어르신들을 고소하는 등 주민 간 갈등이 심각해지지만 어느 누구도 문제를 해결하려 하지 않습니다. 피해가 있을 것이 분명한데도 제대로 살펴보지 않고 허가를 내준 책임이 행정관청에 있음에도 다들 뒷짐 지고 구경만 합니다.

이리 뛰고 저리 뛰어도 문제를 해결할 수 있을지 모르겠지만 그래도 마을 어르신들은 좋다고 하십니다. 마을에 젊은 사람들이 와서 얘기도 들어주고 인터넷에 마을 이야기도 올려주어서 너무 좋다고 하십니다. 젊은 사람들이 앞에서 움직이니 그분들도 뭔가 할 수 있을 것 같다고도 하십니다. 문제를 완전히 해결하지는 못하더라도 유하네의 움직임이 어르신들의 마음에 쌓여 있던 억울함을 조금이나마 풀어드릴 수 있길 바라봅니다. 유하네가 영산마을에 작은 위로가 되길 바라봅니다. 물론, 축사는 반드시 막아낼 겁니다! 오랜만에 투쟁!

민정이 이야기

농사가 주는 즐거움과 힘

민정이를 만났습니다

수줍게 인사를 합니다. 밀짚모자 사이로 살짝 고개를 들고 "선생님 안녕하세요" 합니다.

"민정아! 한 주 동안 잘 지냈어?"

"네…."

눈을 마주치기 어려워하는 민정이의 옅은 미소에서 반가움이 느껴집니다.

여름이 팽팽하게 기세를 더하던 지난 8월 말, 민정이를 처음 만났습니다. 민정이는 원주의 한 고등학교를 다닙니다. 내년이면 사회에 나가는 3학년이지만 민정이는 조금 다릅니다. 편의점 직원이 되는 것이 꿈인 민정이. 주중에는 민정이 엄마가 일하고 주말에는 민정이가 일하는 편의점의 직원이 되는 것이 꿈입니다.

민정이는 "사장님이 정리를 잘한다고 칭찬해줘요, 사장님이 열심히 하면 정직원 시켜준다고 했어요" 하며 기뻐합니다. 중학교 시절 왕따를 당할 때 함께해준 언니들과 노는 게 제일 재밌다고 하는 민정이. 민정이의 얘기를 들을 때마다, 이거 최저임금 위반인데…, 근로계약서도 안 썼다는데…, 여러 가지 생각이 들지만 유하 엄마는 "그래? 잘됐다. 열심히 하면 될 거야. 대신 힘든 일 있거나 사장님이 괴롭히면 선생님한테 얘기해. 달려갈 테니까" 라는 말밖에 하지 못했습니다.

땅과 하늘을 믿고 시작한 농업 수업

민정이 손을 잡고 밭으로 나섭니다. 2학기 동안 민정이와 농업 체험학습을 하기로 했습니다. 마을에서 진행 중인 사회적농장에서 유하 엄마에게 장애가 있는 학생들과 농업 수업을 할 수 있겠냐고 했습니다. '고등학생에, 장애가 있다고?' 조금 망설였지만 흙과 풀, 하늘이 준 힘을 믿어보기로 했습니다.

유하 엄마는 민정이와 가을 농사를 짓기로 했습니다. 텅 빈 밭에 무씨도 뿌리고 배추 모종도 심었습니다.

"민정아, 우리 매주 사진을 찍어서 무랑 배추가 어떻게 크는지 담아보자."

손가락 위에 눈곱만 한 무씨를 올려놓고 말합니다.

"이 작은 씨가 무가 된다고요?"

민정이는 믿지 않는 눈치였습니다.

"그럼. 마트에서 파는 커다란 무 있잖아. 이 작은 씨가 그렇게 커다란 무가 되는 거야."

원주에 살지만 항상 도시에서만 살아 밭일은 처음인 민정이는 모자도 쓰지 않은 채였습니다. 유하 엄마는 얼른 차로 뛰어가 밀짚모자 하나를 들고 와 민정이 머리 위에 씌워줍니다.

"우와—."

민정이는 밀짚모자 끈을 조이며 모자 끝을 올려다봅니다. 자기표현에 서툰 민정이의 최대 반응은 '우와—'입니다.

무에서 싹이 나고, 배추 모종이 자라고 민정이는 '우와—'

를 연발하며 매주 사진을 찍었습니다. 그렇게 두 달이 지나고 무는 민정이 종아리만큼 자랐고 배추는 속이 꽉 들어 찼습니다. 가을장마에 다른 밭의 배추는 병에 걸리고 물러 버렸지만 민정이 밭의 배추는 참 잘 자랐습니다. 무를 뽑아 깍두기를 담기로 했습니다. 잘 자란 무를 서걱서걱 썰고 미리 준비한 각종 양념을 넣어 깍두기를 버무립니다.

"민정이 집에 김치 있어?"

"예전에 외할머니 살아 계실 때는 김치가 있었는데 지금은 엄마도 바쁘고 해서 없어요. 오늘 깍두기 담는다니까 엄마가 엄청 좋아하셨어요."

빨간 깍두기가 완성되자 민정이는 "우와ㅡ" 합니다.

외할머니 맛이 나는 김치

2주 후 김장을 하기로 한 날입니다.

"깍두기 맛있게 먹었어?"

"엄마가 외할머니 맛이 난다고 했어요." 민정이가 신나서 말합니다.

미리 절여놓은 배추에 민정이와 속을 만들어 넣습니다.

채칼을 처음 잡아보는 민정이에게 무채를 써는 방법을 알려줍니다.

"민정아 잘 기억해둬. 혼자서도 할 수 있게."

민정이에게 김치를 담그는 방법을 하나하나 설명해줍니다. 민정이는 고개를 끄덕이며 순서를 외웁니다.

"무를 채 썰고, 갓이랑 쪽파를 썰어 넣고 찹쌀죽이랑 젓갈, 고춧가루를 넣고…."

작은 목소리로 따라 합니다. 어느새 김치를 완성해 김치통을 가득 채웁니다. "우와 ―." 민정이가 즐거워합니다.

"오늘 저녁밥은 뭐 먹어?"

"엄마랑 일하는 편의점에서 도시락을 가져와서 먹어요."

"매일 사서 먹는 거야?"

"시간 지난 거 사장님이 그냥 주시는 거라 돈 안 들어요."

"매일 다른 도시락 먹으면 맛있겠다. 오늘 저녁에는 민정이가 직접 만든 김치랑 먹으면 더 맛있겠네."

마지막 수업

"마지막 수업은 쫑파티 하자! 선생님이 맛난 거 준비해놓을 테니 기대해."

12월 초 마지막 수업을 약속했습니다. 드디어 마지막 수업 날. 쌀쌀한 날씨에 유하 아빠가 모닥불을 피웁니다. 민정이가 왔습니다. 담당 선생님도 함께 오셨습니다.

"민정이가 선물을 준비했대요. 민정아 얼른 드려."

민정이가 수줍게 박스를 하나 내밉니다.

"이게 뭐야. 무슨 선물이야?"

"선생님 제가 만든 거예요."

박스에는 천연 재료로 만든 수분 크림, 핸드 로션, 보디 로션과 노란색 종이에 작은 글씨가 가득한 편지가 들어 있었습니다. 민정이가 돌아간 후 민정이와 함께 떡과 소시지, 고구마를 구워 먹었던 모닥불 앞에 앉아 편지를 읽습니다.

농업 선생님께. 선생님 저 민정이예요. 항상 저한테 좋은 거 알려주시고 어려운 일도 도와주셔서 감사해요. 선생님께 드리는 선물이 작아서 죄송해요. 선생님, 마지막이지만 선생님이 알려주신 여러 가지 일들 다 기억하고 있을게요. 사랑해요. 선생님께서 저한테 알려주신 사랑 그대로 저도 남한테 베풀게요.

괜히 눈물이 핑 돕니다. 민정이와 조금이나마 마음이 통한 듯해 다행입니다. 작은 씨앗부터 김치를 담글 만큼의 무와 배추를 키워내는 동안 민정이와 함께 느꼈던 '우와 —'의 순간들을 떠올립니다. 작은 씨가 큰 무가 된다고 했을 때 신기함, 무 싹이 솟아났을 때 즐거움, 땡볕에 앉아 풀을 뽑을 때의 힘겨움, 큰 무를 쑥 뽑았을 때 성취감. 민정이가 마음속에 가지고 갔으면 했던 것들입니다. 내가 농사를 지으며 마음속에 담은 것들입니다.

하늘과 땅이 주는 용기

민정이와 보낸 3개월의 시간을 '사회적농업'이라고 부릅니다. 약육강식 자본의 논리만 가득한 도시의 어둠을 농사가, 농민들이 사는 시골이 품어줄 수 있다는 생각입니다. 하늘과 땅이 큰 품으로 유하네를 품어줬듯 유하네도 큰 품으로 힘든 사람들을 품어주며 살아가려 합니다. 민정이와 헤어지면서 전화번호를 나누었습니다.

"민정아 힘들 때나, 놀고 싶을 때 언제나 전화해."

집으로 돌아간 민정이에게 메시지가 왔습니다.

"선생님, 오늘도 너무 즐거웠어요. 내년 봄에 양파 뽑으러 갈게요."

시골에는 아직도
희망이 있어 보이네요

이수호 전태일이소선장학재단 상임공동이사장

이 책 저자 이꽃맘은 제 맏딸입니다.

꽃과 같은 고운 마음으로 살았으면 좋겠다는 바람으로 그렇게 이름은 지었지만 하얀 감자꽃 한 송이 속에 농촌이 온통 들어 있는 줄은 몰랐지요. 그리고 꽃맘이네가 농촌에서 살아가게 될 줄은 정말 몰랐습니다.

돌아보면 저는 자식들에게 정말 나쁜 아빠였습니다. 교육운동이다 노동운동이다 한답시고 가장 예민하고 중요한 시기에 곁에 있어주지 못했습니다. 엄마가 최선을 다해 함께했지만 얼마나 힘들고 외로웠을까요? 원망도 많이 했겠지요.

그런데 그렇게 자란 꽃맘이 대학에 가서 학생운동을 적극적으로 한다는 얘기를 듣고 대견하다 생각하면서 한편으로 고맙기도 했습니다. 저의 운동가로서의 삶을 자식에게 인정받은 것 같아 속으론 무척 기뻤습니다.

어렵게 대학을 졸업한 후 본격적으로 노동운동에 뛰어들었을 때 제 엄마는 몹시 걱정했습니다만 저는 그것도 당연하다 생각했습니다. 하지만 그 이상 더 관심을 갖거나 어떤 지원도 못 했습니다. 용돈 한번 제대로 챙겨주지 못했으니 얼마나 무책임한 아빠였습니까? 그 생각만 하면 지금도 마음이 아립니다.

결혼을 하고 자식이 생기고 가족공동체의 삶을 생각하며 귀농을 결심했다는 얘기를 듣고 참 기뻤습니다. 근본을 생각하고 미래를 바라보는 안목이 너무도 대견했습니다. 자발적 가난을 통해서도 아이들의 풍성한 삶이 가능할 수 있다는 통찰이 참 고마웠습니다.

예측한 대로 현실은 녹녹지 않았습니다. 서울에서 나서 서울서만 살다가 어느 날 강원도 시골에서 삶을 이어간다는 것이 얼마나 어려운 일이겠습니까? 더욱이나 유기농보다 더한 자연농법의 자작 소농으로 한 가족의 생활을 이어 간다는 것은 산술적 계산으로는 도저히 불가능한 일이었겠 지요. 하우스는커녕 일반적인 농약도 비료도 비닐도 안 쓰고 오로지 자연에 기대어 인력으로만 농사를 짓는다니 기가 막힐 노릇이었습니다.

그래도 잘 살고 있습니다. 방향만 올바르면 열심히 가기만 해도 길이 되는 모양입니다. 가장 기쁜 일은 두 손녀가 자연과 일 속에서 건강하고 행복하게 살아가고 있다는 것입니다. 가까이 있는 시골 학교 얘기를 들어보면 교사인 저 자신도 부러울 정도입니다.

이번에 펴내는 이 책의 내용이 그런 이야기들입니다. 한때 '민중언론 참세상'이란 인터넷신문사에서 일하며 쌓은 안목과 글솜씨가 있어 어려운 귀농살이 이야기를 페이스북 등 여기저기에 쓰더니 그걸 모아 책으로 묶었습니다.

저는 이 책이 그냥 귀농살이 애환을 쓴 에세이 수준의 글은 아니라고 생각합니다. 우리는 최근 기후위기의 대재앙 앞에서 코로나19 팬데믹을 겪으며 근본적 고민을 하면서 어떻게 살아가야 할 것인가에 대한 답의 한 단초를 보여주고 있다고 생각합니다. 그것은 먼 미래의 일도 아니고 남의 나라 일도 아닙니다. 지금 바로 우리의 문제가 되고 있습니다. 우리는 여기에 답하고 행동해야 합니다. 특히 젊은이들이 결단하고 행동해야 합니다.

막장에 이른 자본주의 체제에서의 극심한 불평등 해소도 스스로 가난을 무릅쓰고 시골로 가는 방법 외에 다른 길이 보이지 않습니다. 그렇게 했을 때 가족공동체 모두가 행복할 수 있다는 실증을 제시해줘서 이 책은 가치가 있습니다. 그래서 삶으로 실천하는 유하네가 고맙습니다.

저도 그 길에 함께하며 나설 준비를 해야겠습니다. 생각만 해도 가슴이 뛰네요.

우리나라 시골에는 누가 살까

초판 1쇄 발행 2022년 8월 23일

지은이 이꽃맘
펴낸이 황규관

펴낸곳 (주)삶창
출판등록 2010년 11월 30일 제2010-000168호
주소 04149 서울시 마포구 대흥로 84-6, 302호
전화 02-848-3097
팩스 02-848-3094
전자우편 samchang06@samchang.or.kr

인쇄 영프린팅
제책 대일문화사